KB119515

난 너의 모든 걸 닮고 싶은 사람

난 너의 모든 걸 닮고 싶은 사람

민경희 글·그림

위즈덤하우스

인생이 어떻게 돌아가는지 잘 모르겠습니다. 잘함과 못함, 죽
겠음과 살겠다는 마음, 그 어느 중간에 서 있는 기분입니다. 불
끈했던 의지는 어디 마음 한구석에 있으리라 분명 말할 수 있었
는데 요즘에는 찾으려고 해도 찾아지지가 않습니다. 그래도 주
어진 일을 하다 보면 무언가가 되어 있겠지 하는 마음은 변치
않아 다행입니다. 그 은은한 무책임함 속에 내가 자라서 이만큼
온 것 같습니다. 주어진 일이 있다는 것은 복된 일이라 사람들
이 말합니다. 일을 하다 보면 시간이 매섭게 지나가 있고 못한
말들이 쌓여 사람들을 떠나가게 하거나 계절의 시작을 못 본 경

우도 있습니다. 저 자신만 챙기겠다고 못 본 척한 경우도 사실 더러 있었어요. 이런 게 과연 복된 일이라 말할 수 있을까. 잠시 그런 생각도 들더군요.

하지만 점점 사람 사는 것이 그런 것이겠지 싶습니다. 이룰 수 있을까 하는 원대한 소망 같은 것은 어디 마음 한구석에 누구에게도 말하지 않고 간직해두었다가 가끔 생각이 나면 꺼내어 보고 한 걸음 한 걸음 천천히 나아가보기도 하고 오늘 하루가 엉망이었다 한들 이것을 어쩌겠나 그냥 한숨 자버려야지 싶은 거죠. 이렇게 책이 만들어진 것을 보니 그래도 나는 무언가를 하고 있었던 모양입니다. 사실 저보다 다독여주시고 이끌어주신 편집자님과 출판사 관계자 분들의 덕이 더 큽니다. 죄송하고 고맙습니다.

2년 만에 두 번째 책을 냅니다. 자전적이고 허구적이면서 이런저런 이야기들 다 섞어서 이게 작가의 이야기인지 아니면 누구의 이야기인지 모르게 기록했습니다. 어쩌면 독자님들의 이야기일 수도 있어요. 재미있게 읽어주시고 간직해주세요.

2019년 11월 완연한 가을에
민경희

5

1부 · 우리는 우주의 먼지 같아서

2부 · 저녁은 나를 위해 울고 싶지만

3부 · 너를 그렇게 단정 지을 수 없는 거라고

1부

·

우리는
우주의
먼지 같아서

바 다

　어렸을 때 엄마는 아빠와 다투고 난 뒤 무언가를 보여주고 싶
었는지 오빠와 나를 데리고 무작정 집을 나와 인천 앞바다에 데
리고 간 적이 있다. 초등학생이었던 나는 영문도 모른 채 오빠
를 쳐다보았지만 그도 어리둥절한 모습으로 자신의 짐을 챙기
기 바빴다. 우리 둘은 엄마 손을 쪼르르 잡고서는 저녁 무렵이
되어서야 인천에 도착했다. 들뜬 마음으로 바다 쪽을 향해 걸어
갔지만 이미 해가 진 뒤라 바다는 잘 보이지 않았고 철썩거리는
소리만이 우리를 반겨주었다.
　당시에는 아쉽기보다는 너무 추워서 빨리 다시 집으로 돌아

가고 싶었지만 엄마는 이곳에 온 일에 굉장한 자부심이 들었는지 바다를 보겠다고 씩씩하게 방파제에 올라갔다. 우리도 얼른 낑낑거리며 엄마의 뒤를 따라갔다. 사실 그 밤에 방파제에 오르는 일은 많이 무서웠지만 엄마와 떨어진다는 게 더 겁이 나 용기를 내어 힘껏 올라가버렸다.

무서움을 뒤로한 채 그를 보니 당신은 바다를 처다보고 있었고 나는 바다를 바라보는 엄마를 처다보았다. 한참을 말없이 서성이는 모습을 이해하고자 나도 바다를 바라보았다. 저 멀리 횟집의 환한 불빛을 빌려 파도가 치는 모습이 보일락 말락 했지만 그렇다고 온전하게 그 파도를 이해할 수는 없었다. 나는 다시 엄마를 처다보았고 그는 아까와 별반 다르지 않은 모습으로 서 있었다.

잔잔하면서도 쉼 없는 몇 분이 지났고 엄마는 언제 챙겨왔는지 모를 필름 카메라를 꺼내어 오빠와 나를 바다 앞에 서게 했다. 사진이 어떻게 나오는지는 문제가 아니고 이곳에 왔다는, 소위 인증샷을 남기는 것이 우리 가족의 암묵적인 규칙이었기에 우리는 군말 없이 바다 앞에 서서 어색한 미소를 띠며 플래시를 만끽했다.

그렇게 집으로 돌아가는 줄 알았으나 우리는 그날 이모집에서 하룻밤을 지냈다. 엄마와 아빠가 싸운 이유는 기억이 나지 않지만 그때의 일은 좀처럼 잊히지 않는 사건이다.

그 이후로 나는 상처를 받는 일이 생기면 누군가가 방침을 세워둔 마냥 자연스럽게 바다를 향하게 되었다. 그때마다 마음속에는 작은 로망들이 피어나왔다. 붉은 모래밭과 부서지고 반짝이는 바닷빛, 약간의 바람기가 있는 그런 어여쁜 바다, 그 속에서 잔잔하게 걷는 나의 모습.

매번 그런 상상을 하지만 막상 도착하면 그저 칙칙한 모래와 흐릿한 날씨에 세차게 부는 바람이 나를 반겨주었고 탁한 색으로 뒤덮여 거품을 문 파도가 치는 황량한 바다가 펼쳐질 뿐이었다.

그럼에도 끊임없이 바다에게 향했던 이유가 있다면 바다는 나에게 말을 걸어왔기 때문이다. 끝없이 펼쳐진 수평선 아래 잔잔하게 혹은 세차게 왜 왔느냐 물어보지 않고 그저 잘 왔다고, 나 이런 모습으로 너를 기다리고 있었다고 말해오곤 했다. 익숙한 모습들을 벗어나 먼 길 달려와 바다를 바라보고 있으면 그때 엄마의 마음을 헤아릴 수 있을 것만 같다.

그때 그 바다는 어른이 된 나를 다시 만나 말을 걸었다.

'너희 엄마도 여기서 나를 만나고 갔지. 지금은 잘 있니. 너도

눈을 감으면 보이는 것들이 있다.
말을 안해도 설명되는 것들이 있고

엄마와 똑같이 생겼구나.'

천천히 눈을 껌뻑. 다시 바다를 본다.

'나 언제나 여기 있을게.'

그 말에 다시 눈을 감고 영영 뜨지 않기를 기도해본다. 아무 것도 보이지 않는 암흑 속에서 바다는 조금 더 나에게 가까이 다가와 중간중간 말을 건다. 그 말에 귀 기울이며 지나간 일들에 대해 다시 생각해본다. 말할 기회를 놓쳐버린 일과 내가 말하고 싶었던 것들, 잘하고 싶었는데 좀처럼 마음대로 되지 않았던 나날들, 애매하게 지나버린 시간, 이미 와버린 장소, 조그마한 후회, 또다시 얻은 상처.

미간을 조금 찌푸리며 그것들을 떠올려보면 괴롭다가도 곧 파도소리가 철썩거리며 그 기억들을 가져가곤 한다. 눈을 뜨면 여전히 바다는 그대로 있고 다시 한마디를 던지고 가버린다.

'그렇게 살고 있구나. 너 참 잘 살고 있다.'

바다는 그때의 엄마에게도 이런 말을 해주었을까. 그래서 한참을 서성였던 건가. 아직 이해할 수 없던 그 시절을, 나는 이제 누군가의 말을 빌리지 않아도 조금씩 이해할 수 있게 되었다. 그건 바다가 해결해준 일이었으리라. 어슬렁어슬렁 여기저기 모래를 발로 차며 발걸음을 옮기면 나도 모르게 마음이 편안해진다. 그러다 누군가의 문자메시지를 받았다. 내일 강릉에 가지 않을래? 물어오는 메시지였다. 발신자를 보니 '엄마'라고 적혀 있었다.

한 주의
시 작

봄이 점점 다가옴이 느껴지는 이유는 광화문 교보문고에 예쁜 벚꽃나무가 피었기 때문이다. 12시 즈음, 점심시간이 되면 회사원 무리들은 이것저것 알 수 없는 이야기를 주고받으며 점심을 먹으러 걸음걸이를 재촉한다. 아마도 점심 메뉴에 대한 이야기가 주를 이루겠지. 저번 주보다는 조금 더 얇은 옷차림의 사람들. 몸이 가벼워지니 마음도 괜스레 들떠 보인다. 그들의 표정에 웃음기가 조금 더 서려 있다.

직장인의 점심시간에 나는 왜 이곳에 있느냐 하면 새로 어디 취업한 것은 아니고 두 달 전부터 광화문 한가운데 있는 피트니

스 센터를 다니고 있어서다. 아침에 일어나 집안일을 조금 하다가 운동을 하러 가면 마침 점심시간이라 그 무리에 섞여 걷게 되는데, 그때만큼은 내가 어딘가에 소속된 회사원 같다. 하지만 나는 언제나 크고 무거운 가방에 운동이 끝나고 해야 할 작업들을 넣고 다니기 때문에 금방 회사로 돌아갈 그들의 가벼운 옷차림과 비교되어 이내 이방인티를 내고 만다.

사실 저번 주에는 내내 괜찮지가 않았다. 후회와 짜증스러움이 밀려오는 날들이었다. 하지만 오늘은 햇빛이 축축했던 마음을 말려주고 벚꽃이 살랑살랑 바람에 휘날리고 있으니 아무렴 다시 괜찮을 것 같다는 생각이 든다.

그럴듯한 이유 없이도 괜찮을 수 있다는 것은 나에게 꽤 귀한 순간들이다. 그러니 햇빛을 조금 더 만끽하자 싶어 조금 늦더라도 천천히 걸으며 하늘을 바라본다. 눈이 잘 떠지지 않을 만큼 눈부시지만 오랜만에 위를 쳐다보며 서 있다.

문득 예전에 파리에 갔을 때가 생각난다. 3일 내내 비가 오고 우중충한 날씨가 지속되더니 그날만은 안개가 걷히고 햇빛이 내리쬐었다. 어제 내린 빗물이 하늘로 올라가기 위해 마지막으로 반짝거리던 모습을 기억한다. 그날 나는 일정을 소화하려 아침

새로운 날은
    언제나 좋은거야.
전날의 먼지가 여기저기 묻어 있어도
두려워 말고 나아가는 게 멋진거야.

일찍이 나와 공원을 가로지르며 걷고 있었는데, 정장을 입은 한 여성이 걷다 말고 그 자리에 서서 눈을 감고 하늘을 보며 햇빛을 만끽하고 있었다. 빨간 머리색과 반듯한 몸선, 찌푸림 없이 입가에 미소를 머금고 하늘을 바라보는 모습이 어찌나 아름답던지. 그때의 모습이 인상 깊었던 터라 3년이 지난 아직까지도 선명하게 기억이 난다. 그에 중첩되어 오늘은 내가 그녀의 모습을 하고 있다.

천천히 몸을 옮겨 센터에 도착했고 오늘 목표한 운동을 시작했다. 처음에는 무엇을 해야 할지 막막했으나 이제는 익숙하게 어딘가에 서서 자리를 잡고 내 몸을 움직인다. 가끔은 이곳까지 오는 것도 일이라는 생각에 집을 나서기 전까지 부담과 짜증이 섞여 몇 차례나 고민을 한다. '오늘 안 가도 되지 않을까. 이렇게 부담스러운데.' 하지만 막상 출발을 하면 오늘처럼 운 좋게 봄기운을 느낄 수도 있고, 몸을 움직이고 나면 아까 했던 후회를 후회하는 경우가 대다수다.

목표한 만큼의 운동량을 다 채웠을 때 땀과 부기가 빠지는 그 느낌을 좋아한다. 다시 몸을 가지런히 정리하고 밖으로 나오면 여전히 날이 좋다. 오늘은 상담 선생님을 만나는 날. 불면의 밤이 깊어지면 약의 기운을 빌리기도 하는데, 최근에 새로운 병원을 찾아 2주째 다니고 있다. 그러고 보니 작년보다 조금 더 건강한 삶을 살고자 노력하고 있다. 선생님을 만나서 일주일간 먹었던 약이 어땠는지 이야기를 나눈다. 잠이 얕아 먹어도 다시 깼다고 말하였고 선생님은 고개를 끄덕거리며 무언가를 적는다.

"혹시 더 우울해지는 계절이나 좋아하는 계절 있으세요?"

"음, 우울해지는 계절은 겨울인데요. 새해도 다가오는데 뭔가 이룬 게 없다는 생각을 자꾸 하게 되니 마음이 조급해지고 소위 말해 연말 타는 느낌이라고 해야 하나요. 그런 게 있어요. 또 좋아하는 계절은 여름이었는데 재작년부터 너무 더워져서 이제는 싫어지려고 해요."

작년 여름을 떠올리니 너무 더웠던 기억이 들어 나도 모르게 미간을 찌푸리며 쓴웃음을 지었다.

"제가 어디에서 봤는데 겨울에는 연말이라서인지 우울증 환자가 조금 더 많아진다고 하더라구요."

이게 맞는지 아닌지 궁금한 눈빛으로 말을 덧붙였다.

"네, 맞아요. 이게 음, 우리가 햇빛을 받는 게 중요한데 거기에는 세로토닌이라는 성분이 들어 있어요. 그게 눈을 통해서 들어오는 것인데 겨울에는 아무래도 우중충한 날들이 많아서 환자

가 증가하기도 해요. 그래서 오늘 같은 날에는 산책을 많이 하시되 선크림 바르고 선글라스는 되도록 끼지 마시고……."

아, 세로토닌! 기분 때문에도 그렇지만 날씨가 호르몬에 중요한 영향을 끼치기도 하는구나. 오늘 했던 잠깐의 산책들을 되뇌며 나 잘하고 있다고 확인받은 것 같아 선생님의 말씀이 끝나기도 전에 괜히 웃음이 나온다.

"일단은 저번 약이 약했으니 이번에는 조금 추가해서 드려볼게요."

선생님의 약 처방을 마무리로 상담은 끝이 났다. 밖으로 나와 잠시 대기하고 있는데 어디에선지 모를 종소리가 들리면서 바람이 살랑 불어왔다. 그 바람에 숨을 다시 한번 들이킨다. 봄이 점점 다가오고 있구나. 이번 주의 시작은 꽤 느낌이 좋다.

그림을 그리며
생각한 것

그림을 그릴 때는 시간이 어떻게 가는지 모르겠다. 좋아하는 표정과 사물 그리고 생김새, 이것들이 한데 어우러져 나의 그림으로 탄생하면 어떨지 기대에 차 재료를 준비한다. 이 시간이 제일 설렌다. 내가 그릴 수 있을지에 대한 조그마한 불안감과 동시에 그리고 싶다는 열망.

예전에 미리 사두고 한번도 쓰지 않은 물감이 나를 기다리고 있다. 눅눅한 날씨로 인해 진득하게 변한 오일 파스텔은 조심스레 닦아주어야 한다. 자칫하면 부러질 수도 있으니까. 혹시 몰라 많이 써서 닳고 닳은 몽당 색연필들도 챙겨둔다. 자주 쓰는 것들은 결국 손이 많이 가게 되어 있다. 이런저런 이유들로 모인 그림 재료들을 한번 스윽 둘러보면 어디 한번 해보자는 마음이 다시 솟아난다.

그림을 그릴 때 주제는 있으나 계획을 세우진 않는다. 글을 쓸 때와는 다른 방식이다. 일단 집히는 것을 시작으로 손을 조금 풀어보는데 나의 선은 처음에 낯설어 머뭇거리는 일이 잦다. '너 왜 글 쓰다 그림 그리러 왔니' 하며 삐진 듯한 버벅거림. 전에는 그림이나 영화, 사진을 보다가 문득 그려보고 싶다는 충동을 이기지 못하여 붓을 들었던 때가 있었는데, 요즘은 몸과 마음이 부산해 자주 그림을 그리지 못했다.

예전에 출연한 팟캐스트에서 이런 질문을 받았다.

"그림과 글 중에 무엇에 더 애정이 있으세요?"

나는 쉽게 대답을 내놓지 못했다. 한번도 받아보지 않은 질문이거니와 둘 사이에서 우열을 가려본 적이 없기 때문이다. 결국 입을 떼었을 때는 "둘 다"라고 죄송스럽게 대답했던 기억이 난다. 작가님은 그래도 다시 한번 물어보셨다.

"그럼에도 조금 더 마음이 가는 게 있다면?"

곰곰이 생각해보아도 역시 사실대로 말할 수밖에 없었다.

"글을 쓸 때는 글이 너무 좋고 그림을 그릴 때는 그림이 너무 좋아서 저에겐 너무 어려운 질문인 것 같아요."

나에게는 글과 그림의 경계를 모호하게 하고 싶은 마음이 있다. 그래서 그림을 그리고 말풍선을 끼워 넣는 작업들이 주를 이룬다. 아침에는 글을 쓰고 저녁에는 그림을 그리면 하루가 금방 저물어 있었고 시계를 보면 언제 또 이렇게 시간이 흘렀나 야속하기만 하다.

하지만 오늘은 무엇이 됐든 그림 한 점을 완성하리라. 뻐근함이 사라질 정도로 그림을 그리고 싶다는 마음이 든 이상 시작을 해야 한다. 어색함은 곧 사라지고 용기가 솟아오른다. 매일매일 그림을 그리던 일상을 기억해내니 여기에서 무엇을 해야 할지 나는 안다. 대범하게 붓을 그어 선을 만드는 것. 나는 어찌 됐든 그리고 쓰는 사람이어야 하는구나. 매일 자신을 의심하고 후회하면서도 여기에서 확신을 얻으니 말이다.

대략적인 선을 완성하면 색칠에 들어가는데 이 부분도 역시 중요한 작업이다. 세상에는 표현할 수 있는 재료들이 많아서 그것들을 어떻게 적절하게 섞어야 할지 고민해보지만 일단 끌리는 재료에 손을 가져간다. 이는 여기라면 이런 질감이 어울릴 거라는 본능적인 움직임에 가깝다.

원하는 색을 이리저리 칠하고 나면 절로 '아, 정말 좋다'라는 생각이 든다. 심한 나르시시즘은 경계해야겠다만, 정말로 꼭 어느 한 군데는 좋은 지점이 있는 것을 어쩌랴. 사소해 보이지만 이는 나에게 작업을 이어나가게 만드는 행복한 순간이다. 멈출 수 없는 은근한 쾌감과 공감은 기어이 휴대폰을 꺼내 사진을 찍게 한다. 작업을 완성하기 전, 그러니까 진행하고 있는 과정에서 나만 아는 순서와 방향들을 간직해두면 좋은 자산이 된다. 그래서 습관적으로 기록하려고도 한다.

손을 보니 여기저기 파스텔이 묻어 있다. 모르고 함께 집에 갈 뻔했다. 사진을 찍다 보니 휴대폰에도 묻어나온다. 더럽다는 느낌은 들지 않고 그저 열심히 살고 있구나 생각한다. 손을 씻는 일은 조금 뒤로 미룬다. 지금은 그게 중요한 것이 아니니까. 칠을 계속하여 완성에 가까워지는 것, 그게 중요하다.

칠하기 위해 받아놓은 물통에 붓을 넣고 물을 조절한 뒤 물감을 섞어 배경을 덧대어본다. 이제 거의 다 온 것 같으나 고민은 계속된다. 뒤에 있는 연습지에 이 색 저 색을 섞어가며 색칠 연습을 해본다. 드디어 마음에 꼭 드는 색이 나와서 '너는 딱 이곳에 있어야 맞아'라며 다시 배경을 칠하려고 하면 조금 긴장이 되기도 한다. 여기에서 칠을 마치면 마지막이라는 생각에 얼른 끝을 내고 싶기도 하고. 아니, 덧칠을 하면 완성도가 높아지리라는 기대감이 생겨서 그런 듯하다.

여기저기 막힘없이 칠하고 나니 이제야 내 그림 같다. 투박하지만 정성이 들어간 귀한 것. 나에게 참 소중한 것이 하나 더 늘었다. 아, 그런데 여기에 한 번 더 덧칠을 해볼까? 용기를 내어 한 발자국 다가가면 그림의 새로운 면을 발견하기도 한다. 욕심을 버려야 할 때도 있지만 이 순간은 용기를 내길 잘했다는 생각이 든다. 순간순간마다 고민과 선택의 기로에 놓이는 그림 그리기, 글쓰기지만 끝나고 나면 평생 자신에게 뿌듯함을 안겨준다. 그러니 포기하지 말자고 그림을 보며 다짐했다.

마 해 송 문 학 상

　제일 오래되고 친한 친구의 어머니께서 문학상을 수상하셨다. 문학과지성사에서 주최하는 마해송문학상으로 등단을 하신 것이다. 언젠가 친구를 만났을 때 그는 나에게 넌지시 그런 이야기를 한 적이 있다. 엄마가 문학상을 받아 유럽에 가셨다고. 나는 상을 받으면 유럽을 보내준다는 좋은 혜택에 놀랐고 나도 상을 타고 싶다고 웃으며 말했다. 친구의 어머니는 파리에 가서 여러 동화책들을 보고 계시다고 했다. 마냥 멋지다고 생각하고 몇 달이 흘렀다.

　어느 날 친구는 단체대화방에서 어머니의 수상식에 혹시 오겠느냐 물었다. 대화방에 있던 다른 친구와 나는 당연히 가겠다며 위치를 알려달라고 말했다. 아무래도 상을 받는 자리니 좋은 옷을 입고 가야 할 것 같아서 그 당시 내가 봄이랍시고 샀던 예쁜 꽃무늬 원피스를 입으면 되겠다고 생각했다.

마포구의 어느 한 회장, 나는 옷을 예쁘게 입고서 친구들을 만났고 친구는 단정한 모습으로 나를 반겼다. 다른 친구도 맞춘 듯 고운 정장을 입고 나왔다. 한 동네에 살아서 시간이 날 때마다 만나는 친구들이라 후줄근한 모습만 보다가 거의 처음으로 쫙 빼입고 만나니 어색하기도 하고 어른 흉내를 내는 아이들 같아서 조금 웃었다. 서로 그렇게 생각하고 있는 모양이었다.

입장을 하기 전 출판사 관계자들이 보였고 무언가를 나누어 주셨다. 그것은 수상작을 엮은 책이었고 하단에는 '문학과지성사 드림'이라는 도장이 찍혀 있었다. 마해송문학상만이 아니라 다른 시상식도 있다는 것을 이곳에 와서 알게 되었다. 축하하기 위해 모이는 사람들이 조금씩 많아지다 보니 알 수 없는 긴장감이 생겼다. 자리는 꽤나 엄숙하게 진행됐다. 문학과지성사 대표님의 축사는 잘은 기억나지 않으나 굉장히 점잖으면서도 유려한 문장을 시작으로 시상식을 한층 더 권위 있어 보이게 만들었다.

박수로 축사를 마무리하고 식에 관한 짧은 안내와 함께 드디어 작가들에 시상이 시작되었다. 신인상을 시작으로 소설과 시 부문이 따로 수상되었고 이름이 거론된 작가들은 대개 쑥스러워하며 단상에 올라 넙죽 인사를 주고받은 뒤 여러 사람들과 악수를 했다. 보기에 영 부끄러움이 많은 듯했다. 그러고 보니 성인이 되고 나서 어딘가에 나와 상을 받고 수상소감을 말하는 경험이 그렇게 흔치는 않으리라는 생각이 들었다. 20~30대로 보이는 작가들이 떨리는 목소리로 수상소감을 읽어나갔다. 그 모습이 참 반짝거렸다.

드디어 마해송문학상을 수상할 차례가 왔고 친구의 어머니 아니 작가님께서 올라가 꽃다발과 상을 받고 꾸벅 인사를 하신 뒤 마이크를 잡고 목소리를 가다듬었다. 그런데 정말 이상한 일이 벌어졌다. 작가님이 단상에 올라 덤덤하게 소감을 밝히는 그 모습에 갑자기 내가 울컥하더니 이내 눈물이 쏟아졌던 것이다. 이토록 뜨거울 수 있을까 싶은 눈물이었다.

초등학교 때 작가님께 논술 지도를 받았던 기억이 났다. 친구와 함께 이야기를 주고받는 게 정말 좋았었는데. 그때부터 아니, 내가 그 친구를 알기 전부터 작가님은 글의 주변을 서성거리신 듯했다. 영원히 닿지 않을 것만 같은 그 세계를 열망 하나로 이어오신 것이다.

잘 알지는 못했으나 친구에게 어머니의 안부를 물으면 어디에서 글을 쓰고 계실 것이다 아니면 글을 가르치고 계시다 말해주었다. 별일이 없으셔서 다행이라며 그렇게 지나가는 안부로 어머니의 존재를 확인하고 있었다. 시상식에 와서 작가님이 그동안 어떻게 살아왔는지 내 눈으로 직접 확인하자 나도 모르게 눈물이 흘러나왔다.

나 역시 노트북을 두드리다 보니 글을 쓴다는 것은 외로운 싸움이라는 것을 알게 되었다. 끈질긴 싸움, 온전히 혼자 내려야 하는 결론. 어떤 일이 마냥 쉽기만 하겠냐만 글을 쓴다는 일은 무엇보다도 외롭고 고독하다. 의연하게 꽃다발을 받고 수상소감을 말씀하시는 득의만면한 모습이 참으로 아름다웠다.

감동의 도가니로 마음이 일렁거려 눈물이 멈추지 않자 기어이 콧물까지 흘러내렸다. 옆에 있던 그의 딸이 어리둥절하게 나를 쳐다보았다. 얘는 뭔데 울고 있나 싶은 표정으로. 아니, 나도 모르겠어. 꺽꺽꺽. 참고 싶은데 참을 수가 없었다.

기어이 친구는 내 손을 꽈악 잡아주었다. 누구를 위로하려는 자리가 아닌데 친구의 꽉 잡은 손은 그만 눈물을 그치지 못하

겠냐는 무언의 압박이었을 수도 있다. 주책도 이런 주책이 없었다. 그러나 나는 왜인지 모르게 인생이라는 한 단막극에서 감동 실화를 목격한 것마냥 그 자리에서 그의 딸처럼 울어버렸다. 되려 딸들이 나를 어리둥절하게 쳐다보았다.

시상식이 끝나고 작가님과 사진을 찍자며 친구가 어머님을 불러세웠다. "엄마, 애 막 울었다?" 일러바치는 것인지 놀리는 것인지 모를 말투로 친구가 말했고 어머니도 어리둥절한 모습으로 "왜 울어?" 하시니 나는 콧물 가득 낀 목소리로 "저도 모르겠어요.(훌쩍)" 하며 웃었다. 그래도 사진을 찍을 때는 최선을 다해 웃었다. 사진을 보니 눈물 고인 눈이 반짝 빛나고 있었는데 그보다 빛나는 것은 꽃다발을 들고 있는 친구의 어머니, 작가님의 모습이었다.

여 름

1994년 최악의 폭염주의보가 내린 한국의 여름, 그땐 내가 두 살이었겠지, 우리 부모님은 나를 낳고 듣기로는 어디 지하방에서 지냈다고 했는데 어떻게 더위를 피했을까 문득 궁금해진다. 그로부터 24년이 지난 2018년의 여름, 네이버 최다 클릭 뉴스들은 "올해 최악의 폭염", "내일은 더 덥다" 등 어마무시하고 자극적인 제목들로 보기만 해도 더운 공기가 느껴지는 기사가 속속 쏟아졌다. 더 최악은 그것들이 모두 사실이라는 점이다.

밖을 나오면 들숨과 날숨이 더운 공기로 채워지는데 이는 상쾌한 긴 호흡이 아니라 텁텁해서 얼른 내뱉고 싶어지는 짧은 호

홉이 주를 이룬다. 나의 걸음걸이는 느릿느릿 최대한 땀을 내지 않으려 하지만 소용없다. 주위를 둘러보면 사람들도 마찬가지로 한껏 미간을 찌푸린 채 느릿느릿 걷고 있다. 누군가가 양산을 쓰거나 선글라스를 끼고 있다면 그것은 유난이 아닌 부러움의 대상이 되어버릴 날씨인 것이다.

사실 초록의 계절을 은근히 마음속으로 좋아했던 터다. 이는 샤워를 몇 번이고 할 수 있어서라는 어처구니없는 이유 때문인데, 사람들에게 말하면 돌아오는 대답은 한결같이 "너 잘 안 씻는구나"라는 농담이었다. 나 잘 안 씻는 거 아닌데.

그 이후로는 속으로만 여름을 좋아해왔고 누구나 좋아하는 가을과 봄을 좋아하는 척했다. 그렇지만 이번 더위는 나에게조차 너무나도 낯설어 마음속에 조금 배신감이 들어버렸다. 언제까지 너를 좋아해줄 수 있을까. 하지만 나에겐 어떤 공식 같은 비밀이 있다. 내 인생의 재미난 일은 여름에 일어난다는 비밀.

거의 모든 연애의 시작은 여름이었고 첫 책도 이즈음 출간했으며 이번 해에도 생전 발라본 적 없는 노란색 섀도를 집어 눈에 바르고서는 어울리는 것 같아 의외의 지출을 했다. 이 역시 기분 좋은 일이 일어날 것이라는 복선으로 느껴진다. 여름이 되면 새롭게 변하고 싶다는 욕망이 들끓기 때문에 6월부터는 처

음으로 기구 필라테스와 기초 수영반을 끊고 성실하게 다니는 중이다. 필라테스가 이렇게 힘든 운동이었는지, 물에 뜨는 것은 힘을 주지 않아도 된다는 사실들을 조금씩 맛보고 있다.

그리고 지금, 이렇게 더운 여름에 앉아서 '여름'에 대한 글을 쓰고 있는 곳은 생애 처음으로 계약한 작업실이라는 공간이다. 폭염이 지속되어 에어컨이 없는 집에서는 작업을 할 수 없겠다는 판단으로 근래에 계약을 해버렸는데 이곳은 볕이 잘 들고 저녁에는 달이 잘 보인다. 나는 이 달을 보며 보고 싶은 사람이 떠오르진 않지만 괜히 "아, 보고 싶군" 하며 혼잣말로 청승을 떨곤 한다. 그게 나쁘지 않다. 맥주 같은 것도 있으면 더할 나위 없을 텐데 말이다.

올해는 어떤 여름이 나를 기다리고 있을까. 사실 기대감보다는 해야 할 일들을 처리하는 여름을 맞이하게 될 것 같다는 생각이 먼저 들지만 그래도 주어진 것들을 해내다 보면 또 재미있는 일도 생길지 모른다. 세상은 모르는 것투성이니까. 그동안 내가 해야 하는 것들과 하고 싶은 것들을 적절하게 집적대고 있으면 금세 여름은 지나가겠지.

운 명

어제는 일로 만난 동료들과 술자리를 가졌다. 프로젝트로 만나 이것저것 이야기하자는 자리는 항상 어렵기도 하면서 근래에 자주 본 사람들이니 제일 편하기도 하다. 이런 아이러니. 그속에서 일을 마치고 몸을 옮겨 사무실에 다시 술자리를 열었다. 은은한 조명 아래에서 내가 좋아하는 샐러드, 갖가지 과일과 치즈, 중국집에서 배달한 탕수육과 양장피, 이 부근에서 유명하다는 닭똥집을 시켜놓고 프랑스산인지 체코산인지 모를, 아무튼 마시면 취하게 되는 병들이 우리 앞에 나란히 서 있다. 잔잔한 노래를 한없이 틀어놓으면 몇 시간이고 웃고 떠들 수 있는 그럴

싸한 장소가 마련된다. 하나둘 착석을 하고 오래 알고 지낸 사람과 오늘 처음 본 사람과 함께 잔을 부딪힌다.

밤은 길고 사람은 많으니 이야깃거리도 많아진다. 공통의 일 이야기로 말문을 트긴 했으나 곧 다른 주제로 넘어갔다. 적당한 웃음과 개인적인 생각들, 그에 공감해주는 여럿이 모여 사적인 대화가 주를 이루고 한통속이 되어간다는 느낌을 받으며 술자리는 무르익는다. 여기에는 기혼자와 미혼자들이 섞여 있었는데 그 자리에 있던 미혼자1이 타는 목마름으로 기혼자들에게 사랑에 관한 질문을 꺼냈다.

결혼이라는 것을 어떻게 하게 되었는가. 자신은 결혼을 하기 전 그 사람과 평생 사랑할 수 있을지를 고민하게 될 것 같다고 한다. 미혼자들은 그저 술만 꿀꺽이며 기혼자들을 쳐다보지만 그들 또한 어떤 이야기를 꺼내야 할지 고민하는 눈치다. 잠시의 침묵을 메우기 위해 미혼자1은 이것저것 궁금함을 더 내비친다. 어떻게 결혼을 하게 되었는지, 그 다짐은 무엇인지. 그는 애인이 없지만 사랑하는 사람이 생긴다면 누구보다 잘해줄 모양이다. 나도 기혼자들의 답이 궁금하여 그들을 바라보고 있었다.

곰곰이 생각을 하던 기혼자1이 "어떤 결심을 했다기보다 그냥 자연스럽게 했던 것 같은데……" 하자 옆에 있던 기혼자2도

이 순간에 당신을 만나
서로 전부라는 것을 믿게하는
눈빛을 나눌 수 있다는 것계
충분히 고맙다는 말을
하고 싶습니다.

끄덕거린다. 하지만 미혼자1은 아직 충분한 대답을 듣지 못했다는 듯 자신의 질문을 놓지 않는다. 어떻게 평생 사랑할 수 있을까? 그것이 불안하지 않을까? 이런 생각들이 끊이지 않는다고. 가만히 있던 나는 조심스럽게 입을 열었다.

"제가 결혼하신 분들 앞에서 이야기할 자격이 있는지 모르겠지만, 그런 의구심을 품는 순간 끝이 없는 것 같아요. 사실 사랑을 평생 한다는 확신을 가지고 결혼하는 사람은 드물지 않을까요. 요즘에는 결혼도 많이 하지만 동시에 헤어지는 경우도 많잖아요. 그런데 그게 나쁘다기보다 삶에 더 나은 방식을 찾아서 가는 거라는 생각이 들어요."

내가 나설 때가 아니었는데 갑자기 어떤 말이라도 하고 싶었던 이유는 나도 그런 생각을 한 적이 있기 때문이다. 결혼이나 오래된 커플을 보면서 인연은 과연 존재하는지 끊임없이 질문을 했고 그에 대한 대답은 여전히 내 갈증을 채워주지는 못했다. 그 질문을 받고 나서 고개를 갸우뚱거리는 사람들이 대부분이었다. 이는 그만큼 거창한 의미는 중요하지 않다는 결론을 증명한 셈이다. 어떤 의미를 찾으려는 순간 우리가 가지고 있던 답을 의심하기 시작한다. 그렇기에 '평생 사랑할 수 있을까?'라는 질문은 너무 무겁고 어렵다.

기혼자들도 고개를 끄덕거리며 입을 연다.

"그게 맞는 것 같아요. 그때의 나는 그런 생각을 해본 적이 없고 그냥 이 사람과 해야 한다고 생각했거든요."

"맞아, 맞아." 다른 이가 맞장구를 친다.

그러자 미혼자1은 "아, 그럼 옛말에 틀린 것 하나 없이 운명은 정해져 있다는 건가?"라며 머쓱하게 웃었다.

"그것도 참 어려운 것 같아요. 정말 운명이 있을까 싶기도 하고요. 저는 결혼하신 분들이 부러워요. 빨리 결혼해서 안정적인 가정을 이룬 점이요."

내 술잔이 빈 것을 보고 자연스럽게 술을 따르던 옆 사람이 한마디를 거든다. 술이 자연스럽게 채워짐에 따라 짠을 하고 서로 술을 한 모금씩 마셔본다. 사랑 이야기는 항상 재미있으면서도 쉽게 정의 내리지 못하는 것은 어쩌면 인연이 그렇게 쉽지 않기 때문일 것이다.

문득 나는 주변에 새로이 사랑을 만난 사람들이 떠올랐다. 그중에는 처음 만난 사람과 사랑에 빠진 경우도 있지만 원래 알고 지내던 사람과 좋은 관계로 발전한 경우도 더러 있었다. 그럴 때마다 나는 "돌고 돌아 그 사람에게 갔네. 그거 정말 멋지

다" 말하고 그럼 그들은 "그러게. 다른 사람도 만나봤지만 요즘이 정말 좋아" 하며 괜스레 쑥스럽게 웃어 보이고 덩달아 나도 웃음이 난다.

인연이나 운명에 대한 믿음을 쉽게 버리지 못하는 것은 언젠가 자신에게도 그런 일이 일어날 가능성을 염두에 두고 있기 때문이 아닐까. 엉기성기 얽혀 보이지 않는 관계 속에서도 누군가는 평범한 존재였다가 점점 유일한 존재로 인식되고, 당신 또한 어쩌다 보니 그렇게 되었다고 말하는 순간이 온다면 나는 슬며시 웃음을 준비해두겠다. 그런 일은 해가 지날수록 귀한 순간들이니까.

불 안

"이게 정말 많이 어려운 거야." 어려움은 그냥 그런 채로 내버려두는 것이 아름다운 것일까? 해결하려들지 말고 그 상태로 가끔 생각이 나면 어려운 것이라 한마디씩 하고 말아버리는.

오늘은 아버지가 나를 한의원에 데리고 갔다. 어머니는 아비가 딸을 너무 좋아한다고, 물고 빨고 한다고 한마디 한다. 얼마나 이쁘면 보약을 먹이냐고 그런다. 나는 웃었고 아버지는 "무슨 소리야. 애가 빌빌거리니까 그런 거지"라고 대답한다.

한의사 선생님은 맥을 짚고 혀를 내밀어보라 말하고 배를 만져본다. 나는 숨을 깊게 내쉬고 혀를 내밀고 옷을 벗고 눕는

다. "불안하지요?" 선생님이 묻는다. "네. 항상 불안은 하지요." 내가 대답한다. 불안이라는 것은 아무것도 아니라는 듯 바로 대답을 했다. 그는 혀를 보며 나를 예민하다 판단했고 배를 만지며 쌓여 있다 말했다.

처음에는 그 말뜻이 변(便)이라 생각했는데 그게 아니라 화(火)였다. 너무 많은 생각, 생각보다 많은 불안, 나 자신을 위하지 않은 마음. 결국엔 다 이게 화병으로 돌아온다고 말씀하셨고 당신 나이에는 적합하지 않은 것들이 지금 여기에 많이 쌓여 있다고 말한다. 이어 즐거운 것들을 좀 해보라 한다. 산책이라든가 코인노래방에서 노래 부르기 같은 것들을 나열하신다. 몇 년 전 굉장히 많은 산책을 했던 적이 있다. 그것들이 나를 살게 했는데, 잠시 그때가 떠올랐다. 우리는 불완전하기 때문에 평범함을 인정하고 편안하게 살아가면 될 테니 너무 완벽하려 애쓰지 말라 하신다. 알고 있는 사실이었지만 진단과 함께 직접 이야기를 들으니 눈물이 나오려는 것을 꾸역꾸역 참느라 혼났다.

진료를 마치고 한약은 일주일 뒤에 나온다고 하셨다. 나의 증상에 알맞은 약은 일주일이라는 시간이 걸린다. 그 시간은 나에게 아무렇지 않은 시간, 그러나 내 몸은 이미 오래전부터 기다려왔던 시간이다.

집에 가며 아버지는 말했다.

"이게 정말 많이 어려운 거야. 마음을 편하게 가지는 게, 그게 쉽지가 않은 거야. 그래서 인생은 고행이라고 하는 거야. 어른이 되어도 마찬가지야. 그게 정말 어려워."

나는 고행이라는 단어를 몇 번 입 밖으로 말해보았다.

"고행, 고행……."

집에 와서 내가 즐거워하는 일이 무엇인지 마음 위에 두고 방을 치우다가 어제 만난 지회 씨가 준 편지를 읽었다.

"많이 바쁘신 것 같아 언젠가 경희 씨의 소설을 볼 수 있었으면 하던 저의 꿈은 좀 나중으로 미뤄야 할 것 같지만, 다른 작업도 너무 좋게, 즐겁게 보고 있답니다. 히히."

그래. 나는 글을 쓰는 것을 즐거워했지. 그래서 용감하게 글을 적었고 지회 씨와 나눈 소설의 법칙을 기승전결 또한 생각하며 적어 내려갔다. 나 잘하고 있는 것 맞지요? 히히.

나의 고행은 시작되었지만 이 속에서 한약도 먹고 산책도 하고 어떻게 살아가보겠습니다. 모쪼록 잘 살고 있다는 평판이 마음이 편한 사람이니까요.

수 영

몇 달 전부터 수영을 다시 배우기 시작했다. 초등학생 땐가, 어머니가 잠깐 가르쳐준 뒤로 물에 대한 공포는 사라졌지만 그 이후로는 영 인연이 없었다. 그러다 요즘 같으면 수영을 배울 수 있겠다는 생각이 들었고 마침 동네에 수영장이 있다는 사실도 알고 있던 터라 바로 정기권을 끊었다.

오늘은 배영을 배웠는데 물 위에 뒤집혀 떠 있는 게 얼마나 무섭던지. 믿을 건 몸뚱어리밖에 없다며 힘을 주니 되려 코로 물을 먹었다. 아프고 어려웠다.

혼자 물속에 있다 보면 혼잣말을 하게 되는데 가령 "오오, 대

박", "아, 힘들어", "오옷, 할 수 있어" 이런 말 따위다. 물 위에 두 둥실 떠 있으면 자꾸 자신에 대한 의구심이 든다. 그래서 대롱 대롱 좋은 말만 뱉어낸다.

사람들은 혼자 반복적으로 레인을 돌고 있다. 내가 도는 레인 은 초급반이고 바로 옆에 상급반이 자리 잡고 있다. 자리 선정 은 누가 한 것인지. 초급반을 기죽이려는 걸까? 옆으로 시선을 옮기면 꾸역꾸역 전진하는 우리와는 달리 오리발을 촥촥 사용 하면서 힘차게 나아가는 사람들이 보인다. '나도 나중엔 저렇게 될 수 있겠지' 생각하며 쳐다보고 있으면 상급자들과 자꾸 눈이 마주친다. 의기양양한 눈빛으로 '곧 너도 이곳에 들어올 수 있 을 거야' 하는 여유로운 얼굴이 보인다. 괜히 나만 그렇게 해석 하는 것일지도 모르지만.

다시 나의 수영에 집중한다. 저들과는 다르게 두둥실 레인을 천천히 그리고 위태위태하게 돌고 있다. 저녁 시간대의 초급반 은 옹기종기 모여 천천히 돌아간다. 이들 중 한 아저씨는 세월 아 네월아 몇 주째 발차기만 연습하고 계신다. 그 분을 보면 빠 르게 지나가는 내가 재수 없어 보이지 않을까 싶다가도 조금 답 답하기도 한 것이, 몇 번 발차기를 하면 그의 허리에 내 머리가 콩 하고 부딪히기 때문이다.

그렇지만 각자의 속도가 있는 법이니까. 아저씨는 수십 년간 정신없이 일만 해오다가 이제야 수영을 배울 여력이 생겨 초급반부터 차근차근 배우시는 중일지도. 모르는 일을 처음부터 배운다는 것은 흥미에서 시작된 작은 용기다. 그러니 같이 용기를 낸 입장에서 답답함보다는 너그러움을 주는 편이 내 속도 편할 테다. 모든 게 너무 빨라진 시대에 최종본이 결정되기 전까지는 계속 고치고 또 고쳐야 하는 작업들 때문에 언제나 긴장하고 있는 내 일상에서 온전히 나를 느낄 수 있는 은신처를 만들 테다. 너그럽게 유유자적하겠다.

상황에 따른 나

나와 정반대의 사상을 가진 사람과 대화를 한 적이 있다. 어쩜 그렇게도 나랑 다른 관점을 가지고 있는지. 몇 번은 '나는 그렇게 생각하지 않아'라는 생각이 머릿속을 맴돌았지만 거기까지였다. 설득하거나 반대 의사를 표하기 싫었다. 그 자리는 편하게 자기 의견을 터놓고 이야기하는 술자리였으니 나는 그저 가만히 고개를 끄덕거렸다. 그런 생각을 가지게 된 환경에 놓여 있었으리라.

그 끄덕거림이 다른 사람이 보기에 어쩌면 암묵적인 동의를 표하는 것이라 생각됐을지 모르겠다. 하지만 그저 상대방의 의견을 존중하기 위함이었다. 그것은 나만 알면 되는 사실이다. 때로는 너무 많은 주장을 하는 것보다 이해를 하고 그 의견에 맞춰주는 일도 필요하다. 사람과 사람 사이의 존중이 자신이 가지고 있는 가치보다 더 중요할 때가 있는 것이다.

언젠가 한번은 아르바이트를 할 때 사장님에게 연말 선물을 받은 적이 있다. 평소에는 잘 챙겨주지 못한 미안함과 고마움이 함께 담긴 큰 선물이었기에 나는 활짝 웃으며 사장님께 감사의 표시를 보였다. 다음날 너의 웃음이 조금 과해보였다는 아르바이트 친구의 시큰둥한 말에 "그 정도의 감사 표시는 필요할 듯 싶었어"라며 한번 더 웃어 보였다.

일상생활에서 다양한 사람들을 대면하는 순간들이 있다. 상황에 따라 조금 더 웃어 보이고 들어보고 끄덕거리는 것. 이는 거짓된 모습이 아니라 어떤 순간의 나일 뿐이다. 그런 행동은 서로를 아끼게 해준다. 그러니 상황에 따른 내가 되어보는 일도 필요하다.

그 런 것

밤에 나란히 누워

잠든 당신의 모습을 물끄러미 바라보았고

잘 있으라 서로 뒤돌아 걸어갈 때

저 사람을 영영 보지 못하게 된다면 어떻게 해야 하나

설명할 수 없는 기분에 사로잡히기도 했다.

그런 것이다.

그런 것.

그만 지나가야 할 감정이
지나가지 않는다

고된 일들을 겨우 처리하고선 일단 오늘은 이만하고 집에 들어가자 마음먹고 짐을 꾸린다. 이것저것 챙겨온 물건들은 오늘 다 쓸 줄 알았으나 가방 안에 내내 들어가 있던 것을 이제야 발견한다. 아차, 이게 있었지. 깨달은 뒤에는 이미 집에 가기로 결정한 후다. 쓰지 못한 것에 아쉬움이 작게 남는다.

영원히 무거울 것만 같은 나의 가방을 옆으로 메고선 귀에 이어폰을 꽂는다. 집으로 돌아가는 길은 외롭지 않았으면 하니까. 음악 목록을 보면 죄다 들었던 노래들. 상쾌하게 집으로 들어가고 싶은데 요즘 노래는 취향이 아니고 좋아하는 음악가들은 이

제 앨범을 낼 생각이 없어 보인다. 아는 노래들은 많은데 들을 노래가 없다고 생각하면서 이것저것 검색을 하다가 결국은 다시 익숙한 음악가의 노래를 튼다. 질릴 때까지 들었다고 생각했는데 막상 들어보니 또 좋다.

저벅저벅 걷다가 버스 정류장에 도착해서 버스를 기다린다. 얼른 집에 가고 싶다는 생각은 자연스럽게 눈을 버스 정류장의 시간표로 향하게 하고, 저 시간표가 없던 세상에서는 어떻게 살았는지 잠깐 떠올려본다. 몇 분 뒤 버스가 오고 올라타 운이 좋게도 자리가 있어 냉큼 앉는다.

눈이 피로했기에 의식적으로 휴대폰은 보지 않기로 한다. 대신 창밖 풍경을 쳐다보며 지난 일들을 복기한다. 신경 쓰이는 것들이 하나둘씩 기억나고, 듣고 싶지 않았는데 듣게 된 어이없는 말들을 다시 떠올린다. 그러다 몇 번 가져보지 못한 내 처지에 연민을 느낀다. 그렇다고 '다시 잘해보아야지' 불끈 솟는 힘은 이 저녁에 짠 하고 생기지 않는다. 지나가주시면 좋으련만 그만 지나가야 할 감정이 지나가지 않는다.

아 스 거 욘

　국립현대미술관에서 주최하는 〈대안적 언어 – 아스거 욘, 사
회운동가로서의 예술가〉 전시에 다녀왔다. 국립현대미술관의
최신 소식을 알 수 있도록 메일을 설정해놓고 새로운 전시가 열
릴 때마다 시간을 내어 얼른 가보는 편이다. 전보다 갤러리나
미술관 소식을 구독하고 부지런을 떨고 있는데, 이는 몇 달 전
에 들었던 《아침에는 죽음을 생각하는 것이 좋다》의 김영민 교
수님 강연회의 영향이 조금 섞여 있다.
　'글쓰기란 무엇인가'라는 주제의 강연에서 교수님은 최고의
강사진이 옆에서 자신의 글을 봐준다면 가장 좋겠지만 여건이

되지 않는다면 현대미술관을 자주 가면 좋을 것이라고 말했다. 흥미로운 사람이 될 수 있는 새로운 시도의 장이라고 조언했기에 서두르지 않을 이유가 없다.

사실 아스거 욘이라는 예술가는 처음 들어본 터였지만 포스터만 보고서 일단 가보기로 마음먹었다. 미술관 지하로 내려가니 여러 그림들과 그 옆에는 텍스트들이 오밀조밀 붙어 있었다. 전시 초반이어서인지 아니면 나처럼 아티스트가 낯설어서인지 사람들은 드문드문 있었고 그게 참 좋았다. 어떤 기준에서 프리랜서의 좋은 점을 꼽으라고 하면 평일 오전에 전시를 관람할 수 있다는 점이겠다.

천장이 높고 넓은 국립현대미술관은 어쩐지 편안하다. 전시장 안을 스윽 돌아본다. 내가 미술관을 관람하는 방법은 일단 전시장 안을 전체적으로 훑고 그중에서 마음에 드는 그림 앞에 서서 다시 감상을 시작하는 것이다. 전시장에 차례로 나열된 그림들을 하나씩 관람하다 보면 처음 마음과는 달리 마지막에는 피로하여 작품에 온전히 집중할 수 없기 때문이다. 알고 있는 정보가 전혀 없었는데도 이번 전시에는 마음에 드는 작품이 꽤 있었고 그의 행보가 적혀 있는 텍스트에 집중하게 되었다.

그는 덴마크 출신의 추상표현주의 화가로 20세기 다양한 아방가르드 운동 안에서 조각, 드로잉, 사진, 출판, 글쓰기, 도자, 공예, 직조 등의 작업을 한 예술가이면서 대화와 협업을 시도하는 사회운동가이기도 했다.

그의 작품에 낯섦과 경외심을 조심스럽게 가지며 감상하던 중 단번에 그의 성격을 알 수 있는 편지를 발견했다. "Go to hell with your money"로 시작되는 글에 푸흡 어이없는 웃음이 터져 나왔다. 무슨 사연이길래 이렇게 화가 났는지 설명을 읽어보았다. 1963년 12월, 뉴욕 솔로몬 R. 구겐하임 재단은 아스거 욘이 구겐하임 국제상 수상자로 선정했다고 언론에 발표했는데, 욘은 뉴욕의 갤러리스트 존 스트립에게 자신은 다른 작가들과 우열을 가리고 싶지 않다며 수상을 거부하는 내용의 편지를 보냈던 것이다.

가히 보통 인물이 아니구나. 편지를 읽은 후 20세기 예술가의 정신은 21세기를 살고 있는 나에게 온전히 전달되었다. 천천히 그의 회화 작품도 둘러본다. 거침없는 붓 터치와 오래된 미술작품을 자신의 스타일로 칠하는 위트가 '어때, 나 잘하지?'라고 기세등등하게 웃고 있는 듯했다.

다양한 작업을 펼치고 협업을 마다하지 않는 열린 마음에 굳건한 신념을 보니 오랜만에 의견이 맞는 친구를 만난 것처럼 내

내 미소를 띠고 전시를 감상했다. 그의 대범함에 나에게도 힘이 솟아나면서 '역시 나는 예술을 좋아하고 있구나' 하는 안심의 미소였다. 이어 설치 작업이 놓여 있었는데 거기에는 욘이 말한 어록들도 함께였다.

> "천재는 가장 평범한 사람으로 인간성을 가장 종합적으로 표현할 줄 알며, 인간의 상징으로서 존재할 수 있는 사람이다."

아, 너무 알다가도 모르겠는 말이다. 어차피 온전히 이해할 수는 없다. 하지만 모를 것만 같은 그 느낌을 믿는다. 전시를 다 보고 나오는 길에 기념으로 입구의 커다란 전시 타이틀을 휴대폰으로 정성스레 찍는다. 죽은 예술가가 남긴 작품과 신념이 지금을 살아가는 우리에게 새롭고 반짝거리는 가치를 상기시켜 주어 고마운 마음에 이를 기억하려는 나의 작은 예의다.

알   수   없 음

신나게 작업을 하다가도 컴퓨터의 갑작스러운 버벅거림은 모든 행동을 멈추게 한다. 긴장되는 순간이다. 오류가 생겼다는 창에는 닫기 버튼과 해결하기 버튼, 그 두 가지의 선택권이 주어진다. 나는 이 작업을 이어나가야 하기 때문에 해결하기 버튼을 누르고 기다리다 보면 한참 뒤 "알 수 없음"이 뜬다.

허무감이 들면서 눈만 껌뻑, 일순간 정지된 사람처럼 창만 바라본다. 문제를 해결하려 들 때 이 단어인지 문장인지 구분할 수 없는 애매한 것이 창에 뜨면 그런 마음이다. 알고 싶어 이것저것 시도해보는데 어쩌면 마음 한구석에서 가지고 있던 의문

을 꺼내어 단정 지어버리면 은근하게 얄미워지는 것이다.

분명 존재하지만 이제는 가치가 없어 내동댕이쳐진 그 무언가에는 알 수 없음이라는 푯말을 붙여 영원히 풀지 못하는 문제로 내버려두자. 알지 못하는 것과 알 수 없는 것의 어감은 확실히 다르다. 그러니 밉고 화나고 질투 나는 것들에 알 수 없음을 붙이자. 애매하고 뚱한 마음을 썩 긴 동안 지켜보자.

처음 책상에 앉아 뭐든 할 수 있을 것만 같던 시간은 어디로 지나갔는지 아무도 모른다. 그때는 이미 세상을 다 가진 것처럼 의지가 활활 타올랐다. 대단한 게 태어날 것처럼 의기양양해져서 글을 쓰겠노라 다짐했던 시간들이다. 며칠 전부터 쓰는 것에 대한 목마름으로 글쓰기 개인 과외를 받고 있다. 일주일에 한 편씩 주어진 주제에 대한 단편을 쓰는 것. 그 일을 시작하기에 앞서 내가 가졌던 마음을 나열해본다. 마감시간이 다가오는 시점에는 완전히 뒤바뀌었지만 말이다.

멍하니 모니터를 쳐다보고 있지만 떠오르는 건 지나간 미운 사람들뿐이 아니다. 좋은 문장이란 무엇인가? 글감은 어디에서 오는가? 왜 이다음 문장에서 막히는가? 꼬리에 꼬리를 물다 보면 어느새 이글이글한 열정은 온데간데없고 내 앞의 나는 '그저 마감만 잘 할 수 있게 해주세요'라며 비굴함으로 빌빌거리며 어떻게든 글을 끌고 나가려고 애쓴다. 그러다 지나버린 시간 앞에서 '아차, 이럴 시간이 없지' 자각을 하지만 오늘은 왜인지 작업 공친 느낌. 모니터 앞에 멍함이 쉬이 가시질 않는다. 그렇다고 집에 가면 별 다른 방도가 있는 것은 아니니 일단 앉아서 다른 책을 읽어본다.

요즘엔 제임스 우드의 《소설은 어떻게 작동하는가》라는 책이 내 옆에 있다. 손을 뻗어 책을 읽다가 제임스 우드가 나에게 일침을 가한다.

"독자로서도 우리는 성장과정을 겪거니와, 스무살배기들은 상대적으로 철딱서니다. 그들은 문학을 읽는 법을 문학에서 배우기에는 읽은 문학작품이 아직 충분하지 않다."

속이 시원하면서 동시에 위안도 된다. 자아가 비대해졌을 때 이렇게 책을 읽어주면 객관성을 회복할 수 있다. 그럼 이제 어

떻게 하냐고? 계속 앉아서 글을 써야지. 제임스 우드의 말은 아직 피어오를 때가 아니니 열심히 정진하라는 뜻이라 이해하겠다. 그러니 위안이 된다. 처음과는 다른 마음가짐이지만 미지근한 온도에서의 차는 훨씬 수월하게 넘겨진다. 그러니 안온한 마음으로 다시 집중해보자. 다음 문장이 궁금하여 책을 놓지 않고 계속 읽어 내려가니 작가는 한 번 더 나를 다독인다.

"모든 미적 영역들이 그렇듯, 알아차리는 것에도 성공의 단계가 있다. 어떤 작가들은 그저 그런 재능을 지닌 관찰자인 반면 다른 이들은 엄청나게 예리하다. 또한 소설에는 작가가 힘을 비축하며 물러나 있는 듯한 순간들이 많다. 평범한 관찰에 이어 주목할 만한 세부사항이, 장관을 이루며 풍성해진 관찰이 따라나온다. 마치 작가가 이전에는 준비운동을 하고 있었던 것처럼 산문은 비로소 옥잠화처럼 문득 피어나는 것이다."*

---

*제임스 우드, 설준규·설연지 공역, 《소설은 어떻게 작동하는가》, 창비, 2011.

한껏 자신감이 생기다가도 어느 날은 누군가에게 마음을 빼앗긴 듯 모든 게 불안함이 지속될 때가 있다. 그게 언제인가 생각을 해보면 정확한 목표를 가지고 나아갈 때, 누군가의 마음을 가지고 싶을 때, 알고 싶지만 잘 모를 때다. 미완성의 너에게 줄 수 있는 것은 이것뿐이라며 던져지는 불안은 하릴없이 내 마음 정중앙에 안착하곤 했다.

수능을 준비하던 때에는 매일매일 공부를 하면서도 잠자리에 들기 전이면 무언가를 빼먹은 사람처럼 발을 동동 구르다 겨우 잠이 들었다. 잠을 자야 내일을 맞이할 수 있고 그래야 다시 공부를 할 수 있으니까. 다음날 다시 교재를 펴서 술술 풀어보자고 마음을 먹어도 꼭 하나씩 막히는 문제가 생겼다. 그 문제를 붙잡고 이리저리 애를 쓰다 보면 시간이 많이 지나가 있었다. 저녁이 되면 다시 무언가에 쫓기는 사람처럼 마음이 조급해졌다. 수능이 가까워질수록 하고 있으면서도 하지 못하는 것들에 대한 아쉬움 때문에 집중하지 못하는 시간들이 지속되었다. 이게 맞는지 아니면 저게 맞는지 마냥 그것들을 생각하면서.

그렇게 하루가 지나면 수능은 눈에 보일 만큼 다가왔다. 시간이 갈수록 선생님들의 격려와 눈빛, 서로 응원하는 목소리는 위로가 되지 않았다. 기대에 부응하려는 순간적인 힘일 뿐. 그러면서도 누군가가 정신 차리라는 곧은 소리라도 한마디 하면 그렇게 예민하게 반응할 수 없었다.

'아니, 내가 막히는 문제를 풀려고 얼마나 열심히 하고 있는데. 이게 얼마나 어려운 문제인지 알지도 못하면서.'

붉으락푸르락해져서는 입 밖으로 꺼내지도 못할 변명거리를 (입 밖으로 꺼내면 울음부터 나올 것이 뻔하니까) 속으로 삼키곤 했다. 세상 그 누구보다 상처받은 사람처럼 울적함을 하루의 일과에 끼워넣었다.

그 아슬아슬한 마음이 때로는 나에게 많은 것을 가져갔다. 잠을 빼앗아갔고 표정을 빼앗아갔으며 여유를 빼앗아갔다. 삶에서 불안의 굴레는 어찌 보면 벗어날 수 없는 것 같다는 생각에 빠져 있던 때다. 수능 문제는 어렵고 말도 안 되고 이것도 정답, 저것도 정답인 것 같아서 '출제위원들이 장난을 치는 걸까', '운명의 장난이 있다면 이런 시련들이겠지', '정말 모르겠다' 속상해하며 울어버리는 게 전부였던 그때. 대한민국에서 태어나 7차 교육과정을 밟고 있는 학생은 수능과 수시 외에 다른 방법이 없었다. 계속 가야 함이 정답이라고 결론을 내린다.

크게 숨을 들이쉬어 마음을 환기한다. 그리고 다시 책상에 앉아 눈앞에 있는 문제집 속의 영원히 풀리지 않을 것만 같던 문제를 들여다본다. 차근차근 처음부터 읽어보고 다른 사람에게 질문도 하다 보면 영원히 이해되지 않을 것만 같았던 문제도 어느새 풀리는 기적이 일어나기도 한다. 온전히 이해할 수 없더라도, 누군가가 해석해준 방식이 아니더라도 나만의 답을 찾아 하나하나 풀어가다 보면 마음은 다시 차분해졌고 나아갈 수 있는 힘을 얻게 되었다.

나를 믿고 내가 알고 있는 방식을 따라가면 길이 보인다. 나는 그 길을 누군가의 도움을 받아 둘이서 걷기도 했지만 자주 혼자 걸었다. 그 길이 삐뚤거리거나 엉성해 보일지는 모르지만

적어도 나는 계속해서 걸어왔다.

지금 생각해보면 그때의 나는 굉장히 섬세하고 천천히 이해하는 사람이었으리라. 똑같은 시간이 주어져도 천천히 걸으면서 길가의 풀벌레를 바라보고 꽃향기를 맡아보는 사람, 달려가는 사람들을 보면 '아, 나도 뛰어야 하는데' 불안해하면서도 선비 걸음으로 걷는 사람, 목표만 향해 달려가기보다 아름다운 것들을 조금 더 많이 향유하고 싶었던 사람.

하지만 그때는 떠밀리듯 수능을 치렀고 지금은 여기에 앉아 타자를 치고 있다. 매년 수능 때가 되면 어김없이 기도하는 부모님과 긴장한 학생들의 사진들이 포털 사이트에 걸린다. 그 모습을 보고 있으면 가슴 한구석이 짠하면서 모두들 원하는 바를 잘 이루었으면 좋겠다고 바란다. 그들은 결과를 내보여야 한다는 압박감과 앞으로 나아가고 싶은 절실함을 느낄 것이다. 그동안 내가 달려온 길은 구불거릴지라도 내가 만들어둔 최선의 길이다. 할 수 있다는 믿음을 갖고 당당하게 발걸음을 옮기면 된다.

새 로 운
하 루

어제까지만 해도 잘할 수 있을 거란 다짐은 하룻밤 사이 어디로 달아났는지 모른다. 아무런 말도 없는 것들이 이미 재촉을 하고 있다. 한 문장을 쓰기 위한 템포는 이미 늦춰진 지 오래다. 아침에는 한껏 희미해진 것들이 널브러져 정리해주기를 기다리고 있다. 가령 뒤척거리며 헝클어진 머리카락이라든지 밤새 만들어진 눈곱 같은 것들. 인생은 끊임없이 유동하는 것들을 가지런히 재정비하는 일로 시작되는 것이 아닐까.

거울을 보면 얼굴의 부기가 어제 저녁 섭취한 탄수화물을 그대로 상기시켜준다. 어제는 괴로움과 외로움이 무엇인지 아는

사람들과 모였고 우리가 할 수 있는 것은 그저 그 순간에 잘 먹고 최대한 웃긴 것을 끌어내보자는 다짐뿐이었다. 내일이 어떻게 되든 현재를 즐기자는 모토는 이곳에서 발현된다.

다시 앞에는 거울을 보고 있는 내가 있다. 한 대 맞은 사람처럼 (실제로 한 대 맞아보진 못했지만 아무래도 몸이 저녁에 그만 먹으라고 잘 때 한 대 때리는 것 같다) 떠지지 않는 눈에 안간힘을 내다가 피식 웃음이 샌다. 꽤 인간미가 있다는 생각. 얼른 씻자.

물기 가득 어제의 더러움을 게워내고 서둘러 나오면 그제 말려둔 빨랫감이 나를 입어달라 기다리고 있다. 지난번에도 입고 나간 것이지만 이 계절에 제일 좋아하는 옷이기에, 게다가 가지런하고 빳빳하여 새로운 옷처럼 변신한 듯하니 얼른 주워 입는다. 옷을 입은 것만으로 나도 다시 새로운 사람이 된 느낌. 여기에 힘을 내어 어지럽혀져 있는 것들을 주워보자. 햇빛도 나를 향해 비추고 있다.

성 가 신
것 들

　언젠가 나를 기쁘게 하는 것들의 목록을 적다가 반대로 나를
성가시게 하는 것들은 무엇인지 생각해보았다.

　과거에 내가 한 오글거리는 행동이 갑자기 생각나는 것, 많
이 먹고 속이 더부룩한 느낌, 내지 않아도 될 돈을 낸 것, 밥 먹
다가 흘린 국물, 삐져나온 물감, 안 써지는 글, 막히는 차, 빠르
게 가는 시간, 돌아오지 않는 대답, 예쁜 카페에 흐르는 멜론 탑
100 음악, 결과를 알 수 없지만 불안한 마음, 일이 안 되는 대화,
어쩔 수 없는 게으름, 다짐했다가 이내 좌절하게 만드는 현실

감각, 쥐고 있는 휴대폰의 뜨거움, 눈의 피로, 무례한 질문, 경박한 말투, 예쁘지만 가격은 사악한 것, 무언가 말해야 할 때, 너무긴 침묵, 휴대폰만 바라보는 상대, 놓고 온 지갑, 영원히 풀리지않을 오해, 허리 아픔, 퇴근길 지하철, 형편없는 맛에 친절한 사장님, 불친절하지만 더럽게 맛있는 음식점, 잘못 탄 버스, 돌아서 가는 택시, 내 얼굴에 튄 침, 몇 번을 고쳐도 안 고쳐지는 오타, 최근에 좋아진 이미 늙어버린 아티스트, 읽히지 않는 문장, 구하지 않은 조언, 팔자걸음, 눈앞에서 놓친 시외버스, 혼자만 준비한 솔직함, '어떻게든 되겠지' 하는 안일함, 센스 없는 선물, 심각한 자기연민, 생각나지 않는 단어, 사람이 나오지 않는 술집 화장실, 너무 먼 약속 장소, 베낀 창작물, 찰싹 붙어 있는 체지방, 어이없게 터지는 썰렁 개그, 대책 없이 귀여운 것, 나도 모르는 새 내 마음속에 자리 잡은 그 사람, 빠져버린 사랑, 나중에서야 바뀌는 말, 극단적 비극주의, 너무 해맑은 긍정주의, '너만 그런 게 아니야'라고 일반화시키기……

적어 내려가다 보니 끝도 없다. 어디에서건 짜증나게 하는 것들은 공존하며 숨 쉬고 있다는 결론에 다다른다. 그러니 크고 작은 짜증을 꾸역꾸역 넘기며 살자. 각자 자기만의 방식이 있을

테지. 넘길 건 넘기고 넘어가지 말아야 하는 것은 짚으면서. 삼
키고 뱉으면서 그렇게, 그렇게.

7월 중순의
일기

7월도 이제 지나가고 있는 시점이다. 작년보다는 더운 느낌이 그리 많이 들지 않는다. 그렇게 또 나도 모르는 새 가을이 도착할 테지. 작업에 집중해야 하는 나와 사람들을 만나야 하는 내가 자주 혼선을 빚어 좀처럼 집중할 수 없다. 마음이 어딘가에 붕 떠 있는 느낌이다.

동그랗고 세모인 마음, 그 어중간함에 머물러 있다. 마치 정박된 배 같다. 출발을 해야 하는데 생각하지만 기미가 보이지 않는.

그래도 부지런히 내 몫을 살아가고 있다. 늦은 밤, 여전히 잠이 오지 않는 것을 빌미 삼아 글을 완성하고 감정을 온전히 느끼며 경험들을 쌓아 글감과 그림의 욕망을 생각한다. 정성 들여 느껴야 한다. 그리고 성실히 작업해야 한다. 그것만이 결국 내가 원하는 작업의 방향에 도달할 수 있는 방법이다.

매일의 부지런함이 중요하다.

어 쩔 수 없 는 일

아침부터 떨어진 장미를 쓸어 담는 청소부의 성실함,

사실 끌어안음이라고.

등이 굽은 노인이 강아지의 뒷발차기를

굽은 모습으로 서서 기다려주는 일,

사실 같은 시간을 공유하는 것이라고.

정신 차리지 못하고 흔들리는 내 모습이 답답하면서도

어느 한 구석으로는 썩 마음에 드는 건

이러한 광경을 지나치지 않고 지긋이 바라볼 수 있어서겠지.

왜곡된 시선이 없는 평안한 것들.

그것에 이끌리는 건 어쩔 수 없는 일이란다.

빚 지 며
살 아 가 는   것

인간관계에서 모든 일은 기브앤드테이크(give and take)라는
전제가 깔려 있다고 주워듣고서는 내가 아끼는 누군가나 처음
보는 사람들의 호의에는 꼭 보답을 해야 한다는 생각에 허둥지
둥 무엇이라도 쥐어 보내곤 했었다. 설령 그것이 그 사람에게는
쓸모없는 것이라도. 지금 생각해보니 내 마음 하나 편하자고 했
던 일이었다.

내가 아끼고 좋아하는 k라는 사람이 있다. 그는 나를 오래전
부터 지켜봐왔으며 만날 때마다 나에게 어여쁜 무언가를 하나
씩 쥐어주던 사람이었다. 어안이 벙벙하면서도 이런 것을 받아

도 될까? 싶은 의구심에 마음 한 켠이 조금 불편하던 터였다. 그가 부담스러운 것이 아니라 그만큼 나도 더 잘해주고 싶은, 왜 그런 마음이 있지 않은가.

그래서 한동안은 무슨 경쟁 같은 것이 벌어지기도 했다. k가 나에게 무언가를 주면 나도 질 수 없는 마음에 기프티콘 하나라도 보내버린다. 그러다 보니 몸은 멀리 있지만 언제나 서로를 생각하고 있다는 마음을 계속 느끼고 있었다.

그러던 와중에 k가 내가 사는 곳 근처로 출장을 오게 되었다. 나는 마냥 기뻐서 무엇이든 해주고 싶어서 빨리 우리가 만났으면 좋겠다는 말과 함께 당신이 여기에 오니 무엇을 할까 물어보려던 찰나, k는 나를 위해 같이 하루를 지낼 좋은 숙소를 구해놓았다고 말했다. 거기까진 생각 못했는데, 하루 종일 우리가 그간 하지 못했던 이야기를 나눌 수 있다니! 너무 기쁘면서 동시에 나는 무엇을 해야 할지 걱정스러웠다. 얼른 k에게 내가 해줄 수 있는 일은 무엇이냐며 다그쳤다. 그때는 나도 시간이 있었고 돈이 있었다. 뭐든 k에게 해주고 싶었다. 그러자 그가 나에게 한마디 한다.

"경희야, 우리 이제 그냥 빚지면서 살자."

처음에는 이게 무슨 소리지, 내가 왜 k에게 빚을 지면서 살아야 하지? 그렇게 되면 실례가 아닐까? 이런 생각들이 오고 갔다. 그래서 무슨 소리냐며 성화 아닌 성화가 나기도 했다. 그녀는 다른 부연 설명은 하지 않았다. "말 그대로 빚지면서 살아가자"라고 덧붙일 뿐이었다.

곰곰이 생각해보니 우리의 인연은 꽤 오래되었고 그녀가 기브를 하면 나는 테이크를 해주려 급급했더랬다. 계속 이어갈 인연이라면 그리 조바심을 낼 필요는 없었으리라. 내가 당신을 필요로 할 때와 당신이 나를 필요로 할 때, 빚을 지고 빚을 갚고, 그렇게 살아가면 되는 일이었다.

그래, 당장은 아니더라도 감사하는 마음으로 언젠가 내가 도움이 된다면 이렇게 빚을 갚고 또 다른 호의에 빚지고 그렇게 사는 게 어쩌면 인간적인 것이겠구나.

괜찮아질 거야

울고 싶다가도 울음이 나오지 않는 건 그만큼 간절하지 않기 때문이고 나를 부수고 싶어도 부술 수 없는 건 내 앞에 놓인 일들이 나를 붙잡고 있어서다. 이만큼 어른이 된 것 같은데 그럼에도 속상한 건 아직 아쉬움이라는 어린 마음이 저기 한 켠에서 나를 씩씩대며 지켜보고 있기 때문이다. 욕심은 끝이 없어라. 이렇게 복잡한 마음까지 두둑이 챙겨 가슴을 진정시킬 수 없게 만드니. 미안해, 나야. 집에 가는 길이나 혼자 남겨졌을 때 자꾸 새어드는 아쉬움, 속상함을 당분간은 음미해주어야겠어.

그렇지만 알지? 괜찮아질 거야, 정말로.

저기 있잖아.

응?

너였을 때부터 생각했는데
기분 좋은 일 뒤엔 꼭
불행한 일들이
찾아오더라.

너
원인 있구나.

그냥 2 며칠
기분이 좋았는데
또 망쳐버렸어.

흠..

그래서
난 행복할
자격 없는 사람인가
이런 생각도 해봤지.

뭔가... 아예
시작치도
말아야 하나,
나에게 기쁨은
고통 한 것인가..
이런 생각.

근데 난 그게
비겁하지 않다고 봐. 그렇잖아.
다치고 싶지 않은 마음,
그런 마음들이 사실 편하긴 한데
온전한 내가 아니잖아.

응?

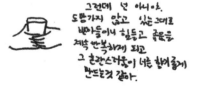

그런데 넌 아니야.
5빵가지 않고 있는 그대로
내 마음이나 힘들고 좋음을
계속 반복하게 되고
그 혼란스러움이 너를 힘겹게
만드는것 같아.

친 구 의
연 락

무더운 더위가 연일 지속되고 있지만 절기라는 것이 괜히 있는 것이 아닌지 입추가 지나니 거짓말처럼 하늘에 예쁜 구름들이 두둥실 떠올라 가을이 곧 오리라는 신호를 보내고 있다. 요즘에는 해 질 녘도 굉장히 보기 좋아 휴대폰을 꺼내 사진을 몇 장 찍는 일이 많아졌다.

날씨로 대화를 열어도 어색하지 않아진 몇 주 동안 별일 없이 살고 있었다. 이번 달부터 운동을 시작했고 주어진 일을 신경 쓰며 그로 인해 작게 스트레스를 받고 작업실에 드나드는 그런 일과. 저녁에 운동을 하러 갔다 오면 진이 빠져서 집에 오자마자 방으로 들어와 눕게 된다. 그렇게 잠이 들어 아침을 맞이한 것이 몇 차례. 그날도 어김없이 운동을 끝내고 휴대폰을 확인했는데 모르는 번호로 문자메시지 한 통이 와 있었다.

"민갱, 나 ○○이다. 계속 가고 싶은 부처에 떨어져서 창피하기도 하고 속세와 떨어져 은둔해서 공부하다가 이번에 합격해서 새로 폰 만들고 친구들한테 일일이 연락 돌리는 중이다(웃는 이모티콘). 너는 워낙 유명인이라 잘 지내는 거 알고 있다! 앞으로도 승승장구해라."

보자마자 욕을 보냈다. 이 친구로 말하자면 초등학교 동창으로, 학교가 나뉘면서 연락이 끊겼다가 다시 가끔씩은 안부를 전하는 사이였다. 딱 한 번 초등학교 때 같은 반이었던 친구인데 성인이 되어서도 지속적으로 만나니 그래도 나에겐 소중한 사람이었다. 몇 년 전까지는 그랬다.

연락이 끊긴 것은 2년 전이었는데, 어느 날 이 친구가 같이 여행을 가자고 물어왔다. 나도 여행에 목말라 있던 터라 어디를 갈까 물으니 보라카이를 가자고 했다. 그렇게 떠나 처음으로 가본 보라카이는 비수기였고 바다에 이상한 가림막이 쳐져 있어서 잘 보이지 않았으며 투어를 하다가 배를 놓칠 뻔도 했다. 그런데 이상하게 지금 생각해보면 재미있는 여행이었다. 역시 기억은 미화된다. 어찌 됐든 우린 한국에 돌아왔고 친구와는 연락이 끊어졌다.

번호도 없어졌고 메신저에서도 사라지니 연락할 방법이 없었다. 나는 이번 여행에서 기분 상한 일이 있었으나 며칠은 걱정을 했고, 그게 몇 달이 지나니 궁금하긴 하지만 어떻게 연락할 방법도 없고 내 나름대로 살다가 잊어버렸다. 간간이 나에게 그의 안부를 묻는 친구에게는 "아, ○○이…… 모르겠어. 나도 연락이 끊겼네" 하면 무언가 우리가 싸운 것 같은 뉘앙스로 흘러버려 조금 난처했던 적도 몇 번 있었다.

그런데 2년이 지나서 이렇게 메시지 하나 찍 보내다니, 괘씸한 것. 그래서 나는 욕을 보냈다. 이 정도면 괜찮다 싶을 정도의 욕. 친구는 바로 미안하다고 답장을 보냈고 그 즈음 사실 내 기분은 풀렸고 내심 좋았다. 왜냐하면 합격을 했다잖아. 그게 기뻤다. 빠르게 근황을 물었고 요즘은 놀고 있다길래 그럼 다음 주에 점심이나 한 끼 하자고 약속을 잡았다.

약속 당일이 되어 친구는 만나기로 한 장소 앞에 있다고 하고 나는 횡단보도만 건너면 된다고 답장을 했다. 그쪽을 보니 정말 친구가 서 있었다. 눈이 마주치자 서로 알 수 없는 춤사위를 잠

깐 쳤다. 어이가 없었다. 어색함이 하나도 없다니. 신호는 곧 바뀌고 가까이서 그를 보니 전보다 살이 조금 쪄 있었는데 내가 보기에 전에는 하도 말라 있어서 지금이 훨씬 낫다는 생각을 했다. 곧 그렇게 말하니 아니라고 빼야 한다고 손사래를 친다.

몇 걸음 걸으니 둘 다 땀이 나서 눈에 보이는 아무 커피집이나 들어갔다. 앉아서 이야기를 하는 게 더 중요했기 때문인데 앉자마자 나는 조금 흥분해서 뭐 하며 살았냐고 물었고, 동시에 친구는 나한테 남자는 있냐고 물었다. 참나, 첫 물음이 "남자는 있냐"라니.

이야기를 들어보니 2년 동안 친구는 정말 별일 없이 어디에 박혀 공부만 했다고 한다. 그렇지만 여행은 두 번 갔다 왔다고 했다. 나는 보라카이에서 나한테 기분 상한 일이 있었나 해서 좀 걱정했다 하니 그런 건 없었다고, 여행을 다녀오니 시험 결과가 나왔는데 불합격이라서 너무 예민하고 기분도 안 좋고, 누구라도 만나면 괜히 그 사람한테 화풀이를 할 것 같아서 연락을 다 끊고 휴대폰 번호도 바꿨다고 한다. 잠깐 속으로 만약에 나라면 그렇게 할 수 있었을까 생각했다.

나는 그래도 합격해서 좋다고, 다행이라고 말하니 친구는 씁쓸해하며 내가 열심히 한 것에 비해 결과는 크지 않으니 조금은 허무하다고 했다. 원래 인생이란 그런 것 아니겠니. 돌아서서 가는 사람, 운이 좋아서 술술 풀리는 사람, 금수저를 물고 태어나서 풍요롭게 사는 사람, 지지리 복도 없는 사람, 왜 저럴까 싶은 사람까지.

밥을 같이 먹었고 커피와 밥값은 모두 친구가 계산했다. 커피까지는 그래, 네가 사야지 생각했는데 밥까지 사주니 또 얼마나 사랑스러워 보였는지 모른다. 친구는 다음 약속이 있었고 나 또한 작업해야 할 것이 있어서 그만 헤어지기로 했다. 같이 버스를 기다리는데 여전히 날씨는 더웠다. 내가 "아유, 네 버스 언제 오냐" 말하니 "왜, 기다려주기도 싫으냐?" 한다. 그게 아니라 더워서 그랬어.

그러다가 방 탈출 게임 카페가 눈에 들어왔는데 친구가 너 이런 거 해봤냐고 묻는다. 없다 하니 다음에는 저기 한번 가보자고 말한다. 자기는 방 탈출 게임 좋아한다고. 나는 별 관심은 없었으나 언젠가 한번 즈음 가보고 싶은 곳이었기에 알겠다고 했다. 버스가 왔고 친구를 보냈다. 매미가 울고 있었고 나는 등에 땀이 나기 시작함을 느꼈다. 그리곤 작업실로 얼른 들어가 문자 메시지 한 통을 보냈다.

"잘 먹었음. 또 봐. 심야영화 보거나 집 앞 천에서 운동하자."

답장이 왔다.

"그래! 따릉이 타고 한강 찍자."

나는 자전거 있는데, 싫었지만 그냥 웃고 답장은 하지 않았다. 이제 연락할 번호가 있고 근황도 들었고 원하던 곳에 합격을 해서 안심이 되니 말이다. 이러고 있을 때가 아니다. 나도 내 할 일을 해야겠다. 이 더위가 언제 끝날지 모른다. 불안정한 생활도 언제 끝날지 모른다. 하지만 여름 지나 가을, 겨울이 오듯 언젠가는 나를 괴롭히는 것들도 지나가겠지. 친구의 인생 2막처럼.

두렵지 않다. 사랑은 가고 시간은 지나갔지만 다시 집 앞에 맥주 마실 친구가 생겨서 기분이 좋아서, 그래서.

존 버

인정하기까지 오래 걸렸지만 글을 쓰고 그림을 그리는 것이 나의 직업임을 요즘에 알게 되었다. 작가라고 불리고는 있었지만 나를 부를 만한 호칭이 적절치 않았기 때문이라 대수롭지 않게 여겼다. 그럼 자신이 누구라고 생각을 하느냐 물어본다면 '짐 많은 보부상' 정도였다. 그런데 전시를 열고 책 작업이 몇 년 동안 진행되니 내가 하는 일이 작가라는 직업이 하는 일이구나 싶다.

맡은 작업들과 새로이 들어오는 의뢰들이 긴장되고 머리 아프지만 순간 내가 할 수 있겠다 싶은 것들이 마음을 사로잡기에 나도 모르게 일단 계약서에 사인을 하고 보는 경우가 몇 번, 이렇게 몇 년이 흐른 것이다. 처음에는 작가님이라 불리는 것이 어색하여 웃어 보이는 경우가 대다수였는데 이제는 작가님이라 불리면 바로 "네"라고 대답하는 지경까지 이르렀다.

운명처럼 결정된 내 직업은 사실 내가 결심한 것도 다짐한 것도 아니었다. 그저 어렸을 적 그리고 성장하면서 은연중에 은근하게 바랐던 것일 뿐. 마음속으로 갈망하던 무엇인가를 속에서 답답해 뱉어내곤 했을 뿐. 그것이 차곡차곡 쌓여 이제는 주업이 되었다.

'나 잘하고 있는 걸까', '언제까지 이 일을 할 수 있을까'라는 막연한 불안감에 휩싸일 때가 있다. 그러다가도 죽은 화가의 오래된 그림과 나보다 훨씬 나이가 많은 작가의 문학상 수상 소식 등을 접하면 '그래, 저 그림을, 저 소식들을 믿고 두려워하지 말고 나아가야지' 하며 다시금 마음을 다잡는다.

요즘 젊은 친구들 사이에서 '존버'라는 단어가 유행이다. 이 단어는 '존나 버틴다'의 앞 글자를 따서 탄생되었는데 누가 지었는지 모르겠지만 입에 착 달라붙는다. 우리나라 사람들의 언어 구사력에 다시금 감탄하게 된다. 그동안 내가 살아온 방식이

이 단어로 정의 내려진 것이다. 그 이후로 나는 자신의 꿈을 이루려는 친구나 동생들에게 습관처럼 "야, 존버하자"라며 마무리 짓곤 한다.

물론 그 과정이 쉽지는 않을 것이다. 끊임없는 의구심과 언젠가 배신도 당할 수 있다. 한 번도 아니고, 몇 번이 될지 장담할 수 없다. 하지만 나에게 기쁨을 주는 그림들과 나와 같은 길에서 한참 앞서 걷고 있는 사람들의 멋진 이야기들은 말하고 있다. 묵묵히 걸어가라고. 그 길에 끝이 보이진 않지만 이들이 남긴 발자국들을 조용히 따라가다 보면 무언가가 보이겠지. 막연한 믿음 하나로 그렇게 살아야겠다. 걷다 보니 작가님 소리도 들으면서 이렇게 살아가고 있지 않은가. 내 이름에 또 무슨 호칭이 붙을지 모르겠지만 일단 존버하며 걷겠다.

마음속으로 외치자. 내가 하면 된다. 내가 하면 된다.

호미화방에 갔다. 그림 그릴 종이를 계산하려고 계산대 앞에
서 있는데 주인아저씨가 어떤 문구를 써두었다. (1) 모든 일을
서두르지 말자. (2) 모든 일들은 순서대로 하자. (3) 모든 일들을
확인하자.

작업을 끝내고 집에 가는 버스 안에서 손에 묻은 아크릴 물감을 발견했을 때:

이 삶도 나쁘지 않다.

설치 시작 전 그림 액자들이 배송되어왔을 때:

밥 안 먹어도 배부른 느낌이 무엇인지 나는 안다. 내 새끼들이 도착했다.

전시 시작 하루 전:

오늘도 무사히 잘 끝났구나. 이제 다시 시작이다.

전시를 하다 보면 사람들이 모이는데 그 사람들을 염탐하는 재미도 나에게는 쏠쏠하다. 나를 알고 있는 사람들도 있을 테고 나를 모르고 전시를 구경하는 사람들도 있다. 입구에서 나를 보면서 흠칫 놀란다면 그들은 내 얼굴을 알고 있던 사람들이다. 이야기도 나누고 싶은 충동이 드는데 그건 나를 어떻게 알게 되었는지에 대한 궁금증이다. 그렇지만 전시를 보러 오셨으니 조용히 이내 눈인사만 해본다. 반면 낯익은 얼굴들도 하나둘 보이기 시작하는데, 팬이라며 수줍게 매번 찾아주시는 분들이다. 처음 만남과는 다르게 익숙한 듯 웃는 얼굴이, 잊지 않고 귀한 발걸음이 참 고맙다.

지혜 씨는 처음부터 지금까지 내 MD가 없는 게 없을 것이다. 오늘도 내 전시 하나 보려고 진주에서 기차를 타고 와서 아무렇지 않게 포스터에 사인을 받는다. 나는 사인을 하다가 그 마음이 가늠이 되지 않아 눈물이 나오는 것을 간신히 참았다. 그리고 이제 뭐하시냐 물으니 "다시 기차 타고 집에 가야죠" 하고 무덤덤하게 말한다. 누군가를 이렇게까지 좋아할 수 있나. 나는 그럴 수 있나. 내가 해줄 수 있는 건 무엇일까. 나는 똑바로 살아야 한다. 좋은 모습을 보여드리고 싶다. 비단 지혜 씨뿐 아니라 나를 봐주는 모든 이에게 고마운 마음을 담아 열심히 살아야한다. 그러지 않을 이유가 없다. 우린 같이 늙어가고 있다.

전시가 끝난 뒤:

나는 하나님을 굳게 믿지는 않지만 항상 일이 끝나면 이 모든 덕을 하나님께 돌리고 싶다. 내가 잘나서도 아니고 재능과 활용할 수 있는 능력을 주심에 어딘가 감사를 드리고 싶다. 항상 그렇게 생각하며 눈이 빛나는 사람이 되고 싶다. 하나님, 저를 더 다양한 세계로 이끌어주세요. 긴 삶이 꽤 권태롭지만 그 안에서 재미있게 사는 것도 그리 나쁘지 않겠다는 생각이 듭니다. 제가 그것들을 녹여 이야기를 만들어보겠습니다. 사람들에게 이야기를 들려주겠습니다. 이번 생에도 잘 도와주세요. 무사히 마무리할 수 있음에 감사드립니다.

취 향

    자신의 취향과 그에 맞는 지식을 아는 것은 참 중요하다고 새삼 느낀다. 영상이나 텍스트를 마냥 좋아하여 마구잡이로 읽고 보았던 시간들이 있었다. 어제는 누군가와 대화를 하다가 영화 이야기를 나누었다.

    "어? 너도 그 영화 알아?"

    공감대에서 생겨나는 호감은 이야기를 이어나가게 만든다. 내가 좋아하는 장면을 꼽으면 슬며시 그 사람도 끄덕거리며 나도 좋아하고 있다고 한다. 신나게 떠들다 보면 시간이 많이 흘러 있다. 크레이프 케이크에 반죽을 한 장 더 올린, 그런 기분이

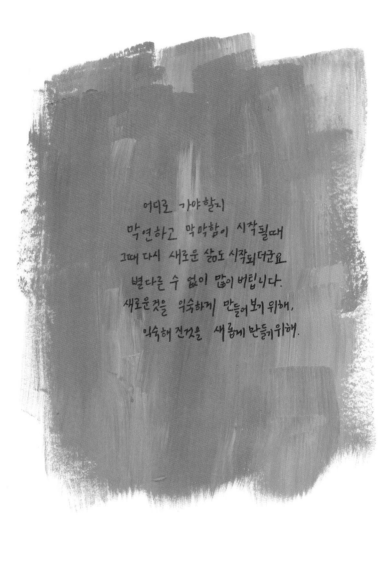

어디로 가야할지
막연하고 막막함이 시작될때
그때 다시 새로운 삶도 시작되더군요
별다른 수 없이 많이 버팁니다.
새로운것을 익숙하게 만들어 보기 위해,
익숙해 진것을 새 롭게 만들기위해.

다. 뿌듯하다.

어느 날은 전시를 보고 있는데 아는 인물의 서사가 나왔다. 예전에는 영상이나 텍스트 등에서 나오는 예시, 참조를 보고 '아, 그런 게 있구나' 했다면 지금은 '어, 내가 아는 예술가인데 내 스타일은 아니었어' 혹은 '내 스타일이었지' 하며 은근한 동의, 희열을 느끼곤 한다. 또 다른 예로 누군가에게 '너 그거 아니' 하며 물어보고 취향이 겹치는 면이 있다면 대화가 한층 풍부해진다는 점이다.

취향, 지식들은 어디든 적용될 수 있는데, 이는 한번에 만들어지는 것이 아니다. 태어나서 지금까지 은근하게, 어떤 때는 미친 듯이 견고하게 쌓이며 그 사람의 매력으로도 연결된다. 인간의 뇌는 10퍼센트도 못쓰고 죽는다고 하는데, 무엇을 새로이 하면 할수록 그 느낌, 감정 등이 무한대로 축적되며 자신만의 세계를 만들어나가는 것이 아닐까? 요즘에 책이나 전시, 영화를 볼 때 아는 단어나 인물들이 자주 눈에 띄는 경험이 마냥 신기하다. 다시 한번 생각한다. 이건 참 중요한 문제구나.

8 월

어떤 초록들이 웅장하게 보이면

'아, 이제 여름이 왔구나.

척척한 기운도 다 이것 때문이겠구나'

하고 맡겨버리면 마음이 한결 가벼울 줄 알았다.

하지만 그것은 물기에 젖어 쉬이 떨어지지 않는 것이었다.

결국 뚝 뚝 젖은 몸으로 걷다 걷다

두 손으로 얼굴을 가려버린다.

손끝에서는 물기가 똑 똑 떨어지고 있다.

다 무슨 소용이냐. 다들 거짓말만 하고 있는데.

2부
·

저녁은
나를 위해
울고 싶지만

내 인생의
아름다웠던 순간

‒ 영화 〈시〉를 보며 생각한 것

　어렸을 적에요. 초등학생 때였나. 기억이 가물가물하지만 저 학년이었거나 예닐곱살 즈음이었을 거예요. 저는 미술학원 겸 유치원을 다녔던 터라 자연스럽게 미술대회를 자주 나갔고 그 때마다 상을 여럿 받았던 걸로 기억해요. 그런 일이 반복되면 부모님은 자연스럽게 기대를 할 수밖에 없었겠지요. 무슨 미술 대회가 있으면 엄마는 적극적으로 나를 참가시키곤 했어요.

　그날은 어느 대공원에서 열린 대회였던 걸로 기억해요. 평소 에는 엄마와 나, 이렇게 세트로 다니지만 그날은 마침 주말이라 아빠까지 같이 가게 되었어요. 무슨 이유에선지 오빠는 안 왔고

요. 한창 여름이었는데 대공원의 모습을 그림으로 그려서 제출하는 거였어요. 여기저기 어린이와 부모님들이 자리를 잡고 우리도 그늘진 적당한 자리를 찾아 돗자리를 펴보았지요. 생각보다 그늘이 많지 않아 온전한 그늘이 아닌, 반 즈음 걸쳐진 그늘에 자리를 깔았어요.

나는 그림 그릴 도구들을 정리하고 있었고 엄마는 주최 측에서 나누어준 도화지를 받아왔어요. 그러고 나선 상한다며 아침부터 바리바리 싸온 김밥을 꺼내어 먹을 준비를 했어요. 나는 그림을 그려야 했기에 엄마가 옆에서 먹여주는 김밥을 우걱우걱 씹으면서 무엇을 그릴까 두리번두리번 거리며 스케치를 하고 지우고 하고 지우고 반복했어요. 아빠는 최근에 동영상 기능이 되는 최신 디지털 카메라를 사서 여기저기 찍고 있었고요. 자꾸 내 이름을 부르면서 "경희야, 경희야. 여기 한번 봐"라며 카메라를 보게 했지요. 김밥을 가득 문 채로 위를 올려다보면 아빠가 최신 디지털 카메라로 나를 찍고 있었어요.

그러다 지루해졌는지 아빠는 돗자리에 누웠어요. 엄마도 옆에 같이 눕더라고요. 부모님은 내가 그림 그리는 것을 기다려주다가 이내 잠들어버렸어요. 나는 그림을 그리다 말고 잠든 부모님 옆에 슬며시 누워보았어요. 내 쪽에는 그늘이 아니라 햇빛이

뜨겁게 비추고 있었어요. 그러다 너무 따가워져서 일어나 물을 마시러 갔다 오고 다시 스케치를 하다가 또 스윽 일어나 다른 친구들은 잘 하고 있나 순회를 돌고 '아, 나처럼 놀고 있는 친구들도 많구나' 안심하고 다시 제자리로 돌아오니 부모님은 이미 깨서 커피를 마시거나 독서를 하고 있더라고요.

날씨도 좋고 그림 그리기도 싫어서 딴생각을 하다 결국 시간이 다 되었고 나중엔 대충 물감을 얼버무려 제출했어요. 심사와 시상은 한 시간 뒤에 열린다고 하여 또 그 시간을 견디며 카메라로 추억을 담기도 하고 아빠랑 공원을 한 바퀴 돌아보기도 했어요. 수상에 기대를 하지는 않았지만 은근히 수상자가 호명될 때는 귀가 쫑긋해졌어요. 역시 상은 물 건너갔더군요. 제 이름은 불리지 않았어요. 그렇지만 부모님 중 누구도 화내거나 안타까워하지 않았어요. 그저 눈부신 여름날에 대공원에서 잘 놀고 가는 가족이었어요. 짐 정리를 하고 오는 길에는 하루 종일 햇빛에 너무 노출이 되어 머리가 미친 듯이 아팠기 때문에 집에 와서는 바로 누웠고 며칠 앓기도 했어요.

그래도 그때가 가장 기억에 남아요. 내 인생의 아름다웠던 그 순간이.

나를 울게 만들
너

너를 생각하며 이런 예감을 했다.

'내가 언젠가 너 때문에 울 일이 생기겠구나.'

여러 가닥의 인간관계 속에서 얻어낸 것은 사람을 너무 믿지 말자는 다짐이었다. 적당한 거리를 유지하면서도 좋은 관계들은 충분히 많았고 결국 믿는 만큼 상처받을 존재들이니까.

하지만 어떤 관계는 터무니없이 끌리기도 한다. 너를 생각하면 그랬다. 내가 세운 굳건한 신념을 가벼이 무시하는 그런 사람. 그 사람이 당신이라니요. 나는 정말 어쩔 수 없이 너 때문에 울 일이 생길 것이다. 하지만 너라는 사람을 믿고 싶다. 나를 사랑하고 있을 것이라고, 내 마음과 똑같을 것이라고, 우리는 함께 걸어갈 수 있을 것이라고. 당신이 그간 내게 보여준 사랑의 형태는 틀림과 다름이 보이지 않았으니까. 활기차고 발그스레 했고 날이면 날마다 지속되었으면 하는 마음이 깊어졌으니까. 절망보다는 희망을 이야기하고 비록 앞이 보이지 않더라도 같이 헤쳐 나가고 싶었으니까.

사실대로 말하자면 깊은 낭만에 빠지기엔 아직은 서툰 것들이 많았지만 그럼에도 불구하고 울 일을 각오하는 내 마음은 너를 믿어보겠다는 큰 결심이자 나의 큰 잘못이겠지. 그 잘못마저 난 어쩔 수 없을 테니까.

사람을 믿는다는 것은 온전히 내 의지이므로 배신을 당하든 서서히 저물어가든 어쩔 수 없는 일이리라. 그러니 지금은 너를 그냥 믿는 수밖에 없다. 이마저도 시간이 지나면 약해질 수 있지만 지금은 강하다.

저 녁

저녁은 나를 위해 울고 싶지만
남의 딱한 사정에 연민을 느끼며
매번 눈물을 빌려준다.
서로를 위하며 다독여주며 추켜세우며
누군가가 인정한 인정 속에 안정을 찾으며
가난해서 억세지는 줄 모르고
그게 올바른 신념이라 믿고
나약함들을 죄다 무시하다 보면
또 저녁이 되고
나를 위해 울고 싶어지는 마음이 다시 차오른다.
그러나 나를 위해 우는 방법을 이젠 모르겠다.

순 간 의
확 신

순간 확신에 차서 하는 이야기들은 얼마나 허무한가. 자신의 감정에 너무 충실한 나머지 자신이 하고 싶은 말만 하는 사람은 시간이 지나면 지날수록 알 수 없는 슬픔에 휩싸이기 십상이다.

그 역시 그랬다. 처음에는 자신의 감정이 더 중요했기에 해야 할 말과 하지 말아야 할 말들을 분간하지 못했다. 그렇다고 무례한 질문은 아니었으나 상대방을 부담스럽게 하거나 뒤돌아서면 묘하게 기분 나쁜 것들이었기에 사람들은 점점 그 사람을 찾지 않게 되었다. 슬픔의 원인은 여기에 있었고 그 사람은 다시 사람들과 잘 지내기 위하여 말수를 줄이기 시작했다.

그 사람은 자신의 마음과 100퍼센트 일치하는 사람을 만난다면 얼마나 좋을까 생각해보았다. 하지만 그런 일은 있을 수 없다. 누군가와 대화를 나누고 자신이 편한 마음으로 집에 왔다면 그것은 상대방이 당신에게 충분한 배려를 보여줬기 때문이라는 것을 시간이 지나면서 알게 되었다.

그 이후부터 그는 자신만 알고 있는 것들이 많아졌다. 가령 상대방의 말에서 몇 가지 틀린 점, 반박하고 싶은 마음들을 숨겼다. 그건 아닌 것 같다고 말하고 싶었지만, 예전 같았으면 그랬을 테지만 말을 뱉는 순간 상대방이 긴장하는 그 표정을 보고 싶지 않았다. 그냥 끄덕거리며 얼버무리곤 했다.

그러자 사람들은 "너 요즘 왜 이렇게 변했어? 동글동글해졌구나!" 말하기도 하고 "성격 좋아졌네" 하기도 했다. "너도 나이 먹어가는구나"라는 말을 듣기도 했다. 그렇게 사람들은 다시 그 사람을 찾기 시작했다. 그는 그게 싫지 않았다. 알 수 없는 슬픔에 휩싸이는 것보다 왁자지껄한 지금이 백배 천배 낫다고 생각했다.

어느 밤, 친구가 초대한 그 자리에는 처음 보는 사람이 있었고 그녀는 어딘가 활발한 매력이 있었다. 초면에도 자연스럽게

이야기를 나눌 수 있는 그런 사람이었다. 그녀는 그에게도 먼저 말을 걸었는데 계속 그에게 질문을 던지고 대답을 하면 맞장구를 쳐주었다. 처음엔 쑥스러웠던 그도 점점 말이 트이기 시작했고 그녀와 이야기를 하느라 시간이 가는 줄 몰랐다. 자리가 마무리될 때까지 이야기는 계속되었고 아쉬운 마음에 그는 용기를 내어 연락처를 물었다. 그녀는 웃으며 번호를 내주었고 두 사람은 연락을 주고받기 시작했다.

대화는 대부분 일상생활에 대한 이야기였고 서로에 대해 새로운 사실을 알아가기도 했다. 그는 그녀를 다시 만나고 싶었다. 조심스럽게 말을 꺼내자 그녀는 흔쾌히 "언제 만날까요?"라고 대답했다.

약속한 날, 보라색 셔츠를 입고 나온 그녀의 모습은 참으로 예뻤다. 그리고 웃으며 인사를 건네는 순간 그 사람은 확신에 차서 하마터면 사랑한다고 말할 뻔했다. 간신히 먹어버린 그 말을 아는지 모르는지 그녀는 연신 그에게 재미있는 이야기를 해주었다. 그는 그녀와 함께 있는 시간이 어떻게 지나가는지 몰랐다. 그녀를 만나고 난 뒤 집에 돌아와 자신이 어떤 감정인지 확실히 알게 되었다.

좋아하고 있는 것이었다. 기대감과 동시에 불안감이 엄습하기 시작했다. 왜냐하면 그녀도 나와 같은 마음인지는 사실 잘 보이지 않았다. 그녀는 누구에게나 호의적인 사람이었기 때문이다. 오늘 만남에서도 그는 자주 버벅거렸던 것 같았다. 결정적으로 헤어진 지 꽤 시간이 흘렀는데 그녀에게서는 연락이 없었다. 이것만으로 가늠을 할 수는 없지만 이전에는 자신의 감정에 너무 충실한 나머지 하고 싶은 말만 했던 그가 또다시 알 수 없는 슬픔에 휩싸였다. 하고 싶은 말을 하지도 못했는데 다시 그 슬픔에 갇혀버리는 것은 참 아이러니했다.

'섣부르게 고백해버리면 도망갈지도 몰라. 하지만 말하고 싶은 마음이 여기 있는걸.'

천천히 다가가고 싶지만 좋아하는 마음은 이미 한참 앞서 있다. 거절당할 가능성, 이미 다른 사람이 있을 가능성 등. 그는 오랜만에 감정에 충실했지만 아직은 그 말을 할 수 없고, 어쩌면 긴긴 시간이 걸릴 수도 있겠다는 생각에 조금은 슬퍼졌다. 그 사람만이 아는 것이 하나 늘었다.

오늘이 다시
시작되었습니다

어제는 친구들과 헤어지고 괜히 섭섭해 빙 돌아 한참을 걸었습니다. 아직 친구들과 나누었던 감정들을 곱씹고 싶어서요. 음악을 들으면서 내 걱정을 들어주던 눈빛들을 상기시켜봅니다. 반짝거리기도 했고 안쓰러움도 조금 섞여 있더군요. 좋았습니다. 누군가가 나를 보고 연민을 느낀다는 것이요. 챙김받는 느낌이 들었거든요.

아까 나눈 이야기들을 다시 생각해보니 웃음이 새어나옵니다. 아까 웃었던 친구들의 모습도 생각납니다. 참 재미있는 사람들이야. 몇 번이고 다시 만나고 싶다. 그런데 너무 멀리 돌아왔는지 집에 가는 길이 더 멀어졌습니다. 밤은 깊어만 가는데 조그마한 후회가 밀려옵니다.

집에 들어와 몸을 씻고 냉장고 안에 있는 와인을 꺼내 한잔 따라봅니다. 시원하고 달달한 것이 목구멍에 들어오니 이보다 더 좋을 수는 없습니다. 언젠가부터 한잔 정도 챙겨먹기 시작했습니다. 하루의 마무리 같은 느낌이 들기도 하고 결정적으로 잠이 잘 옵니다.

오늘도 한 잔을 천천히 마시고 눈을 감아봅니다. 잠이 잘 오는 것 같습니다. 그렇게 깊은 잠이 드는구나 싶었지만 몇 시간 뒤 눈이 스르륵 떠지는 것을 보아하니 선잠이었습니다. 새벽에 눈을 떠 창문 밖을 보면 이제는 별로 억울하지 않습니다. 해가 중천에 떠 있는 것보다야 이제 막 뜨려고 준비하는 모습이 썩 보기 좋거든요.

적당하고 미지근한 연보라색 하늘이 점점 짙게 깔리면 어느 날은 설레기도, 어느 날은 괴롭기도 합니다. 설레는 마음은 다시 새 하루가 시작되었구나 하는 개운한 마음이고요, 괴로운 마음은 또 지겨운 하루가 시작됐구나 하는 마음입니다. 때에 따라 그 감정은 다릅니다. 요즘은 자주 괴롭습니다. 내 앞에 해야

일들이 끝없이 쌓여 있어 은근한 부담감에 마음이 편치 못하기에. 하지만 이 부담감은 어쩌면 평생 가져가야 할 것들입니다. 어느새 적응하여 언젠가는 다시 설렘으로 변하겠지요.

침대에서 밍기적거리면서 휴대폰을 보면 시간은 금방 또 지나가 있습니다. 언제쯤 아침 시간을 잘 활용할 수 있을까요? 그러나 '오늘은 무얼 해야 하나' 이런 생각은 당장 하고 싶지 않습니다. 잠을 조금 더 자고 싶기도 한데 그건 너무 곤란한 일이겠지요. 빨리 졸음을 떨쳐버리고자 무작정 양치질부터 해봅니다.

오늘이 다시 시작되었습니다.

그 래 도
계 속 하 는   힘

벨이 울리고 휴대폰 액정을 보니 m의 전화다. 대화 주제는 어느 정도 예상이 되지만 이번에는 어떤 사연일까 궁금하기도 하고 빨리 받지 않으면 금방 끊으며 시무룩해할 m의 표정이 떠올라 단번에 받는다. 기다렸다는 듯 목소리를 길게 늘어트리며 어딘가에 기대고 싶다는 억양으로 내 이름 대신 애칭을 부른다.

"작가님, 바빠요?"

"언니랑 전화할 시간은 있지요."

"어머, 잘됐다."

요즘 m의 주요한 고민은 사람과 사람 사이의 관계, 그중 제일 재미있는 사랑 카테고리에 속해 있다. 그녀는 언제나 사랑을 할 준비가 되어 있는 사람이다. m의 태생은 광주였으나 사랑을 찾기 위해 상경했다. 실제로 반짝거리는 눈빛으로 나에게 다짐하듯 말한 적이 있다.

"나는 이번 생에 서울에 와서 많은 사람들과 관계를 맺고 그 안에서 사랑을 찾을 거야."

그 이후로 나는 m의 생활을 은근히 예의 주시했다. 흥미로운 사연들이 많을 것 같아 자연스레 끌렸다. 하지만 그와의 대화는 고작해야 퇴근 시간에 가끔 울리는 전화, 그의 집 근처에 잠깐 들러 커피를 마실 때가 전부였다.

한바탕 나에게 이야기를 꺼내놓으려고 휴대폰 너머에서 반가운 기색을 표하던 m이었지만 이내 시무룩해하며 말문을 열었다.

"이번에도 망했어요."

"세상에 망하는 게 어디 있어, 진짜. 또 무슨 일인데."

"연락을 하다가 끊겼거든? 근데 내가 다시 연락하니 씹혔네. 이게 무슨 경우야. 나랑 한 이야기들은 도대체 뭐였던 거야?"

"으악. 뭐야?"

m은 종결이 아닌 의문으로 문장을 맺는다. 언제부터인가 자주 나에게 물음을 던지는 m이다. 나는 그녀가 사랑을 찾고 있

다는 말을 들은 뒤로 내심 그녀를 부러워했다. 사랑할 누군가를 찾고 그것에 빠지는 일을 한순간 삶의 목표로 삼는 게 어지러운 이 시국에 가당하기나 한 일인가. 경외심과 동시에 어딘가 알수 없는 사랑스러움을 마음속으로 응원하고 있던 터라 그녀에게 전화가 오면 항상 좋은 소식이기를 바랐다.

이제는 그녀의 목소리 톤으로 단번에 어떤 소식인지 가늠할수 있다. 하지만 나의 기대와는 다르게 주로 말끝을 길게 늘어뜨린, 추욱 처진 목소리였다. 마음처럼 잘 되지 않는 모양이다. 이런 로맨틱함을 품고 있는 사람을 왜 그들은 몰라주는 것일까.

"이제 내가 매력이 없다는 생각만 든다? 정말 모르겠어. 나는 그 사람이랑 잘될 거라 생각했거든. 다른 사람을 찾아봐야 하나……."

나는 단번에 말도 안 되는 소리라고 대답했다. 내가 바라본 m은 자신의 매력이 무엇인지 알고 그것을 잘 보여주는 멋쟁이였고 항상 자신감 있는 사람이었다. 왜 그런 말을 하는지 이해가 되지 않으면서도 이해할 수 있었다. 사랑을 갈구하면 자신이 불행해진다. m은 관계에서 해결되지 않는 부분들에 답을 찾지 못했고 사실 그건 정확한 답이 없기에 자기 자신을 의심하기 시작한 것이다.

자신을 갉아먹는다면 멈추어야 할 필요도 있어 보이는데 다른 사람을 찾아보겠다니, 아직 정신 못 차렸구나 싶으면서도 m의 의지에 박수를 치고 싶었다. m은 아직 자신의 매력을 믿고 있는 것이 분명하다.

무슨 일이 있었던 것인지 묻자 m은 지난 사건들을 열심히 풀어놓기 시작한다. m의 사연을 듣고 나니 상대방이 괘씸하다. 내가 보기에 m은 잘못이 없다. 팔은 안으로 굽는다고, 괜히 한번 더 그 사람을 욕해보지만 내가 온전히 이해할 수 없음과 아쉬움이 동반되어 입가에 쌉쌀함이 더해진다.

그녀는 사랑의 달콤함을 알고 있기에 조급함도 덩달아 딸려 나오고 있었다. 사랑에 대한 환상을 조금 걷어내주고 싶지만 아무리 말한다 한들 그녀를 구제할 수 있는 것은 내가 아니고 지나간 그 사람도 아닌 m, 그 자신이다. 나는 아직 그의 달콤함을 방해할 생각이 없다. 다만 매력에 의심을 품는 대신 의연한 마음을 가지는 것, 조급함보다 여유가 조금 더 멋져 보인다는 것을 말해주고 싶었다.

"언니, 상처는 받았겠지만 그래도 자신을 잃지 마요. 난 언니 응원해."

응원한다는 말에 힘이 조금 났는지 이내 곧 푼수같이 웃는다.

나는 그 웃음을 좋아한다. 그 소리가 들리자 마음이 조금 놓였다.

"그래. 난 확인받는 존재가 아니고 확신하는 존재여야 해. 또 다른 그에게 확신에 가득 찬 승리의 미소를 띠어주겠어!"

어딘가 내가 생각한 것과 다른 방향이지만 아무렴 어떤가. 상처에도 다시 일어서서 사랑을 다시 믿으려는 한 여인의 로맨틱한 마음에 힘이 난다면야 무슨 해석이든 좋다.

내가 더 많이
노력할게

"시간이 지나면 이 순간도 희미해진다는 게 나는 너무 슬퍼."

기약과 확신이 없던 나와 당신 사이에 슬픈 결말은 정해져 있던 것처럼 나는 이 말을 내뱉었다.

"내가 더 많이 노력할게."

당신은 대답했다. 하지만 그 말을 온전히 믿을 수 없었기에 난 그저 조용히 웃어 보일 뿐이었다. 그래, 그 말은 확신에 차 있었다. 그러나 여러 해를 거쳐 조금 뭔가 알 것 같다는 느낌을 받으면서 좀처럼 사람을 믿지 못하게 되었다. 다음에 만나 밥을 먹자는 약속은 좀처럼 지켜지지 않았고 '또 보자'라는 말은 '잘가'의 다른 말인 것을 이제는 안다. 어제의 나와 현재의 나 그리고 미래의 나는 어떻게 될까? 나조차도 장담할 수 없다. 그러니 어떤 마음에서건 그 한마디를 쉽게 믿지 못하는 것이다.

하지만 현재 그 마음이 움찔 하고 들었기에 다짐과 같은 말을 내뱉는 것이겠지. 지키지 못할 약속들이 쌓여만 갈 때쯤 서서히 말을 줄이는 법을 배웠고 그냥 현재를 즐기기로 했다. 아무 말도 없이, 아무 기약도 없이.

같은 곳을 바라보거나 같이 걸을 때, 눈을 보고 이야기할 때. 그 순간, 행복했던 그 순간. 미래를 그리거나 과거를 후회할 필요 없는 그 순간들. 그것이 나에게는 충분하다 되뇌는 것이다. 그러면 자연스럽게 현재를 받아들이게 된다. 그러다가도 이 순간이 끝나지 않았으면 하는 아쉬움은 어쩔 수 없으니 이것마저 잡아둘 수는 없다.

이내 슬퍼지는 어떤 감정. 그것은 도대체 무엇이란 말인가? 우리가 함께했던 시간들이 자연스럽게 어느 뒤편으로 멀어지면 그때는 이런 감정도 먼지 쌓인 채로 조용히 사라져가겠지. 어느 날, 문득 당신과 걸었던 그 거리도 점점 혼자만의 거리가 되어 씩씩하게 걸을 수 있게 되겠지.

그런 생각까지 하며 마음을 달래본다. 그래도 아쉬움과 슬픔

은 쉬이 가시질 않아 당신에게 나 이렇다 함을 넌지시 말해본다. 그렇게 되돌아온 대답. 그것은 나를 더 외롭게 만들었다. 확신에 찬 그 말투는 용감했지만 무모했고 그렇지만 아름답기도 했다. 그러니 나도 아름다운 미소를 지어 보인다. 설령 그것이 무책임한 대답일지라도 고마워서, 그래서.

시 작 이
어 렵 다

"시작이 제일 어렵죠."

건축가 안도 다다오가 했던 말이다. 그 말이 왜 이렇게 쉬이 잊히지 않는 건지 모르겠다.

봉준호 감독이 〈극복되지 않는 불안과 공포: 영화창작과정에서 우리를 두렵게 하는 것들〉이라는, 한국영화아카데미(KAFA)에서 조언 비슷한 강연을 할 당시 이런 이야기를 서두로 꺼낸다.

하루는 스탠리 큐브릭 감독이 스티븐 스필버그 감독에게 당신은 영화를 촬영하면서 언제가 가장 두려운지 물었다고 한다. 스필버그는 1초의 망설임 없이 "차에서 내릴 때"라고 답했다. 신의 경지에 오른 감독 역시 수백 명의 스태프와 배우들이 잡아먹을 듯이 기다리는 영화 현장에 들어설 때가 제일 싫은 순간인 것이다.

언젠가 읽은 배우 김혜수의 인터뷰도 비슷한 맥락이었다. 그는 촬영이 다가올수록 너무 힘들다고 말을 시작한다. 3주 전부터 죽고 싶어지고, 하고 싶은 작품이었음에도 '내가 미쳤지. 이걸 왜 한다고 했을까' 생각한다고. 막상 감독과 동료 배우들을 만나면 굉장히 공격적으로 이야기하다가도, 집에 돌아오면 밥도 안 넘어가고 눈물만 나고 세상의 온갖 고민은 나에게만 있는 것 같다고.

이것들을 읽고 보고 들으며 느낀 것은 단 한 가지다.

걱정 마시라. 다 똑같다.

스크린 앞, 멋지고 화려한 이들에게도 시작이란 것은 무척이나 어렵다. 나 또한 시작을 앞두고 며칠을 그 주변만 맴돌았던 기억이 있다. 너무 어려운 시간이었다. 잘하고 싶은 마음에 긴장이 되고, 순간을 망치기가 싫었기에, 실망하게 할 내 모습이 두려워서, 뭐 이런저런 것들이 시작을 가로막았다. 그것이 너무 거대해져서 손을 대지 못할 때가 빈번했다.

그럴 땐 다시 그들의 이야기를 찾아본다. 두려움의 크기를 그들과 함께 나누어보고 싶어서다. 안도 다다오 건축가가, 스티븐 스필버그 감독이, 김혜수 배우가 나를 알 리는 만무하지만 이 순간 나와 똑같은 공감대로 움직이고 있다. 시작은 항상 두렵고 어렵다. 누구에게나 그렇다. 그러니 용기를 가지고 다시 시작을 해보자고 마음을 다잡는다. 시작을 하면 일단은 뭐라도 하게 되더라는 진리를 잊지 않고 차분하게 한 발짝 나아가본다.

젤 리

마음이 또 헛헛하여 편의점에 꾸역꾸역 나가 음료수를 샀다.

누군가를 깨워 이야기하기 애매한

모르는 마음들이 둥둥 떠다니는 시간.

주머니에는 어제 산 젤리가 있다.

그것을 먹으면 침샘이 가득 돌기 때문이다.

한입을 먹고선 살아감을 다시 한번 다짐하고

라디오에서 누군가가 읽어주는 시를

눈 감으며 조용히 들어보는 사람.

외로운 것은 눅눅하게 서성거린다.

어딘가에서 냄새가 난다.

그 냄새는 외로운 사람들의 냄새.

나에게도 진득하니 나고 있는 것이었다.

변 명

글에 조금 더 다가가고자 하니 그림을 그리는 시간이 줄어 매일 아쉬움이 쌓인다. 하루는 왜 이렇게 짧은지, 왜 알면 알수록 두려워지고 흔들리는지, 아는 것이 힘이라 생각하며 살았는데 오히려 알아갈수록 내 마음은 더욱 힘들어진다. 차라리 모르고 살았던 때로 돌아가고 싶다. 어지간한 것은 궁금해하지 않았으면 싶은데.

내가 알고 있는 것과 나를 둘러싼 현실의 간극 속에서 항상 나를 의심하는 것이 내가 할 수 있는 최선의 방법이지만, 또 동시에 항상 나를 믿는 것이 최후의 대책이다. 분명한 것은 이것

들이 좋다는 것이다. 매번 힘들게 하지만 원체 무엇을 사랑하면 힘들고 아픈 것이라며, 뭣도 모르면서 괜히 다들 하는 말처럼 변명으로 삼고 그렇게 살아야지, 뭐, 별 수 있나.

정말이지 그래도 좋다.

요 즘

━━━

걸을 때 음악을 듣지 않고, 환절기인데 마스크를 끼지 않는
사람들을 보며 시답잖은 걱정을 한다.

━━━

시선을 멈추고 머릿속으로 떠올리며 적는다. 결국 뭘 조금 더
잘하고 싶다는 다짐은 걸음과 적음에서만 시작되는데 그런 것
들은 항상 허약하기 짝이 없다. 아, 잔꾀와 반복적인 모순들을
이젠 다 거부하고 싶다.

이장욱의 시집을 실컷 읽다 문득 고개를 들어 달라진 세상을 멍하니 바라보며 메모장을 켜 급하게 글을 쓰고 싶다. 하지만 그것은 빈약하면서 충만하다 거만 떠는 그런 글일 뿐.

언제쯤 만족하며 살 수 있을까.

죽 음

중학교 때 일기장을 봤는데 우울, 허무, 그런 것들은 태생이었고 사실 죽음에 대한 관심이 많았다. 길을 나서며 교통사고를 당하거나 일을 하다가 위험에 노출되어 갑작스러운 죽음을 맞이하는 경우. 그것은 내 생각 위에서는 익숙한 모습이다.

살아감은 한 발짝 죽음 앞에 다가가는 것. 전혀 이상할 일도 슬플 일도 아니다. 주어진 삶을 열렬히 사랑하다가도 한편 어떻게 잘 죽을 수 있을지, 그런 고민들은 나를 조금 더 대담하게 만들어 삶을 긍정하는 힘이 되기도 한다. 그러니 결국 천천히 긴 호흡으로 무언가를 끊임없이 하며 죽음을 기다리면 되는 일이다.

좋은
사 람

버스 안에서 나를 빤히 쳐다보는 반짝이는 눈빛이 느껴졌다.
무엇인가 봤더니 엄마의 뒤통수 밑 어여쁜 아기의 얼굴. 엄마의
몸에 포옥 안겨서 나를 보겠다고 빼안히 마주치는 시선에 이내
몽글몽글해져서는 입가에 웃음이 번진다. 참을 수 없는 순수함,
그것을 모른 척하지 않는 것.

누군가가 열심히 준비한 공연이나 전시 등을 보러가는 두 손
에 쥐어진 선물. 사실은 그보다는 그 사람이 당신을 보기 위해
발걸음해준 일이 힘이 된다는 것. 나를 필요로 하는 사람이 내

준 커피나 시간 등이 우리에게 주어진 새로운 세계라는 것. 요즘에 내가 느낀 몇 가지다.

바라보는 시선이 따듯했던 그 모습을 잊지 않고 예쁘게 해석해주는 마음이 참 고맙다. 좋은 사람이 되고 싶은 충동은 언제든 찾아온다. 넓은 생각과 깊은 관찰만이 요즘 나의 미덕이다.

쉬운 일은 아니겠으나 계속 해보겠습니다. 기꺼이 내 마음을 열어두겠습니다.

그녀의
눈물

그녀가 내 앞에서 울었을 때 나는 그저 가만히 있어야 했다. 그 눈물은 나 때문도 아니었고 내 옆에 있는 친구들 때문도 아니었고 요즘 힘들다던 그 마음이 우리 앞에서 깊은 저녁 앞에서 와르르 쏟아져 내린 것이다. 아까 먹은 초콜릿 종이 껍데기만 만지작만지작 거리고 있는 내 모습이 엉엉 울고 있는 옆 사람의 모습에 비하면 참으로 보잘것없었다.

무슨 말이라도 해주어야 할 것 같은데 아직 누구 앞에서 울어본 적이 없던 나여서 이럴 때는 무슨 말이 가장 적절한 위로가 될지 모르는 상황이다. 그런데 운을 띄운 것은 나도 아니고 친구들도 아니고 그녀 자신이었다.

"그냥, 요즘 많이 힘들었는데 이렇게 너희들과 같이 있다는 게 꿈 같기도 하고 그게 많이 벅찼거든. 상황이, 상황이……."

앞뒤 문맥이 잘 맞지도 않는데 꾸역꾸역 이 상황을 설명하는 그녀가 안쓰럽기도 대견하기도 한 마음이 교차했다.

옆에 있는 친구는 "괜찮아. 그냥 울어. 다 쏟아내!" 하면서 그녀의 눈물을 응원한다.

"그래, 차라리 우리랑 있을 때 다 쏟아버리는 것이 나아."

"맞아. 무슨 말이 필요하겠어. 그런 날도 있는 거지."

친구의 말에 나도 용기를 얻어 한마디 보탠다. 그러자 울다가 실실 웃어 보이는 그녀.

우리는 허둥지둥 하루하루를 살아내고 있었다. 그 하루를 매일같이 모여서 이야기하기란 전보다 쉽지 않았고 미묘한 감정들을 설명하기에는 이미 일터에서 많은 에너지가 고갈되고 난 뒤였다. 그렇게 인생은 더욱더 복잡해져만 갔고 말 못 할 일들이 늘어나기 시작했다.

몇 달 전, 우리는 여행을 같이 갔고 계획을 세우기 위해 만든 단체대화방이 있었다. 조잘조잘, 어찌 그리 할 말이 많은지. 초반에는 깔깔거리며 그 방의 소식들을 제일 먼저 확인했다. 하지만 점점 예전만큼의 활기와 빛을 찾아보기 어려웠다. 오랜만에 우리가 다시 모일 수 있었던 것은 누군가가 안 되겠다 싶어 몇 주 전부터 이번 모임에 빠지면 벌금을 걷는다는 엄포를 해놓았기 때문이다. 벌금, 까짓것 내면 그만이지만 우리는 그보다 만남이 더 중요한 사명이었기에 필히 모인 사람들이었다. 물론 지각은 서로의 사정이 있기에 눈감아주기로 하고.

그렇게 무르익은 분위기에서 그녀는 무르익은 울음을 터트렸던 것이다. 물론 점점 말이 없어진 우리에게 그 눈물은 참으로 뜬금없었을 수도 있다. 하지만 내 옆에 있던 친구는 다 안다는 듯한 말투로 울어버리라 말하는 것이 꽤나 어른스러웠다. 우리가 전처럼 모든 것을 공유할 수 없다는 것을 서서히 알게 되면서 처음엔 이 감정이 섭섭하기도 했다. 이것까지 말 못 할 일인가. 이런 것쯤은 말해줄 수 있지 않은가.

하지만 나도 이런 입장이 되어보니 점점 이해할 수 있었다. 말을 할 수 있는 것과 말을 할 수 없는 것 그리고 말을 하고 싶은 것, 굳이 말을 하고 싶지 않은 것. 그 앞에서 속수무책이었던 그녀는 어쩔 줄 몰라 울음을 터트렸을 테다. 예전 같았으면 처음부터 끝까지 당황스럽기만 했겠지만 지금의 나는 이내 곧 아

무 말 없이 그저 옆에 있을 뿐이다. 그녀도 자신의 감정을 추스
리기 위해 눈물 콧물 마셔가면서 열심히 설명을 했지만 참으로
부실하기 짝이 없었다.

멀어졌다고 생각했는데 저런 모습을 보니 되려 아직 우린 가
까이에 있구나 하는 생각이 스쳐 지나간다. 이어 이런 생각도
든다. 우리가 전처럼 속 얘기를 다 못해서 속상해하고 멀어졌다
고 생각하기보다는 우리가 이만큼 자라왔음에 뿌듯해하고 나
눌 수 있는 이야기에 웃으면서 때로는 이렇게 울면서 나누는 사
이가 되면 좋겠다고.

나는 아무 말 없이 외로워 보이는 그녀의 손을 슬며시 잡아본
다. 그러자 눈물이 그렁그렁 맺혀 있는 눈이 나를 바라본다. 어
느 순간은 말이 필요 없을 때도 있는 법이다.

포 기

"나 오늘 p 만났어."

친구에게서 온 문자메시지였다. p는 친구의 오랜 친구로 나도 안면이 있고 가끔 친구에게 소식을 전해 듣고 있었다. 그런데 몇 년 전 친구와 p가 크게 다퉜다. 이후로 서로 연락을 끊었고, 친구는 나에게 간혹 p와의 추억을 이야기하며 그들이 싸운 이유와 p가 감정이 상한 까닭, 그리고 p의 오해, 그걸 풀고 싶은 의지 등을 설명하곤 했다. 친구는 간혹 p에게 연락을 했지만 p의 상처는 생각보다 깊었던지 답장은 오지 않았다. 그런데 오늘 친구가 p를 만났다니 조금 놀라서 바로 답장을 했다.

"뭐? 어떻게 된 일이야. 네가 연락한 거야?"

"응. 만나서 보고 싶었다고, 미안하다고 했어."

"그렇구나. p는 뭐래?"

"걔도 힘들었대."

"왜?"

"나랑 친했고, 내 생각나니까."

"그랬구나……."

"응, 그래서 조금 풀고 왔어. 2년 만에 얼굴 봤다……. 쨌든 마음이 무거웠는데 평온해졌다."

"아유, 난 그렇게 못한다. 신기하구만."

"응……. 계속 생각나서 연락했지, 뭐."

친구는 p에게 어떤 마음으로 계속 연락을 해왔던 것일까. 둘 사이의 관계를 깊게 알지는 못하지만 나는 그간 연락을 받지 않은 p의 상처에 대해 생각했다. 아마도 상처가 컸으니 오랫동안 우정을 쌓아온 친구의 연락도 피한 것이겠지. 사실 나는 어쩌면 친구가 연락을 했던 건 자신의 마음이 편하고 싶은 이기심이 아닐까 하는 못난 마음이 먼저 들었다.

나는 그런 관계에서 먼저 연락을 해본 적이 없었고 '아직 불편하니까 연락을 하지 않는 거겠지'라며 축 처진 관계를 널어두고 바짝 마르게 한 다음, 그대로 바사삭 부서지게 만들어버리곤 했다. 친구의 말을 듣고 나는 다시 생각했다. 누군가를 위하는 마음은 온전히 그 사람을 위한 마음이라고 할 수 있을까. 내가 그 사람을 생각해서 연락을 하지 않았던 것은 사실 감정이 거기까지였던 건 아닐까.

뮤지컬 〈김종욱 찾기〉에서 기준은 나라에게 실패한 첫사랑에 대해 말하면서, 결국 자신은 용기가 없었던 게 아니라 그만큼 그 사랑이 절실하지 않았던 탓이라고 털어놓는다. 생각해보면 나라고 뭐 잘난 사람인가 싶다. 마음 아프지만 한편으로는 좋기도 했던 지난날들을 떠올리며 다시 관계를 포기하지 않고 노력을 해보려는 사람은 사실 자신의 감정에 확신이 있고 용기가 있는 사람이지 않은가. 연락이 끊긴 누군가에게서 오랜만에 먼저 연락이 온다면 나는 더없이 기쁠 것 같다. 그럼 이 말을 꼭 해주고 싶다. 포기하지 않아줘서 고맙다고.

그러려면 누군가와 지금 당장 인연을 끊어야 하는데…… 지난 감정들을 다시 끄집어내서 그간 언짢았던 친구들 목록을 뒤져보러 이만 글을 줄여야겠다.

유 머

　나의 글은 다소 웃음기가 없을지라도 언젠가 위트 있는 글을 쓰고 싶다는 강한 욕망이 있다. 사람들은 내 글을 읽고는 내가 무겁고 우울한 사람이라고 생각할 수도 있겠지만 실제 나는 전혀 그런 사람이 아니다. 물론 처음 봤을 때는 누구나 그렇듯 낯을 가리다가도 조금 친해지면 알 수 없는 감각들이 나를 주접떨게 만든다. 이 주접으로 다음날 이불을 뻥뻥 차며 후회한 적은 아직까진 없지만 그래도 조심하면서 은근하게 조절한다. 그런 게 또 재미있다.

이기호의 소설을 좋아하고 작가 박상영의 인터뷰를 읽으며 나도 이런 말을 할 수 있는 재간이 있었으면 하고 바라지만 이것은 의식한다고 되는 일이 아니므로 일단 실패다. 모든 일에 '유머'라는 요소가 섞이면 흥미로워진다. 오랫동안 앉아 있을 의자를 튼튼하고 단단한 의자와 편안하고 말랑한 의자 중에 고르라면 후자를 선택하듯 유머를 잃지 않는 모습, 그것이 결국 사람들이 찾는 모습일 것이다.

너무 유머 예찬을 하는 건가 싶지만 나는 그런 것에 끌린다. 진중하면서도 가벼이 풀어주는 고급 유머나 농담을 구사하는 사람이 제일 멋진 사람이라고 생각하기에 눈치 보지 않는 것, 그것이 나에게는 참 여유 있어 보인다.

물론 상황에 따른 유머가 제일 중요하다. 그것은 그리 쉬운 일이 아니다. 순간적인 재치와 말의 흐름을 간파해야 하므로 유머는 아무래도 똑똑한 사람이 할 수 있는 전유물 같다. 요즘 재미있게 보는 TV프로그램은 〈코난 오브라이언 쇼〉와 미국드라마 〈브루클린 나인나인〉, 〈모던 패밀리〉, 〈오피스〉 이런 것들이다. 전부 미국에서 방영하고 있는 것을 보니 미국식 유머를 좋아하는 게 분명하다. 끊임없는 비꼬기의 천재들을 보는 게 어찌나 재미있는지.

그렇다고 해서 한국식 유머를 빼놓을 수는 없다. 궁극의 한국 말은 말장난을 위해 탄생한 것 같기도 하다. 시작하면 밑도 끝도 없는 것들. 그뿐인가. 풍자와 해학으로 살아온 국민들이다. 이렇게 생각해보면 전 세계 어느 나라든 유머라는 요소는 빠질 수 없는 것 같다.

마음속으로 애정하는 김영민 교수님은 인터뷰에서 우리 사회에는 유머가 부족하다고 말했다. 특히 리더들이 유머 감각이 부족한 것은 문제라고. 스피치(연설)를 하면서 듣는 사람을 고려하지 않는 것 자체가 권력 남용이라는 것이다. 한국 사회에는 지배층이 발전시킨 유머의 전통이 아주 빈약하다는 일침도 잊지 않았다.

이 말을 듣고 격하게 끄덕거렸는데, 요즘에는 이런 현상을 타파하기 위해 조그마한 시도를 해보는 것 같다. 국가기관에서도 유튜브로 창의적인 홍보 영상을 재미있게 만들어 친근하게 다가가고 있다. 나는 여기서 유머를 엿보았고 젊은 공무원들에게 희망을 걸어보기로 한다. 유머는 어디에서든 존재해야 한다. 나 또한 유머가 배어 있는 사람이 되기를 소망한다. 그렇기 위해서는 열심히 갈고 닦아야 한다.

책

아슬아슬하고 끈질기던 엉망진창 연애가 끝이 나고, 나는 소홀히 여겼던 책 속으로 다시 돌아가고 있다. 나를 배신하지 않는 것은 역시 책이었다. 어떠한 불안감도 안겨주지 않는 것. 하지만 이 속에서도 여러 감정이 스친다. 문장을 읽다가 멈추어 감정을 복기시켜 좌절하고 다시 읽어보기도 하며 감탄하고 다음 장이 궁금하여 속도를 내기도 하고 줄어드는 장수가 아까워 절제해보기도 하고 도저히 앞으로 나아가지 않는 장이 있는가 하면 그동안 좋아했던 작가의 글이니 기대와 의리로 똘똘 뭉쳐 힘 있게 읽어보기도 한다.

그리고 책이 완성되기 전, 타자를 두드리던 그 당시 작가의 밤을 생각해보기도 한다. '어쩜, 나도 이런 생각을 한 적이 있는데'라며 적잖은 공감에 감탄을 금치 못한 나는 동시에 불끈 글을 쓰고 싶다는 생각을 충동적으로 해버린다. 그 충동은 그리 오래가지 않는 것. 이내 나는 감상자가 제격이라는 판단을 내리기도 한다.

서점에 가보면 어쩜 그렇게 많은 신간들이 끊임없이 나오는지. 불황이라고는 하지만 사람들은 그 속에서 더욱더 마음의 안식처를, 배움의 연장선을, 지식의 목마름을 갈구하는 것이겠지. 나 또한 행복했던 그 사람과의 시간들을 고이 접어두고 한 손에는 달달한 것을, 다른 한 손에는 책을 들고 펼쳐볼 구석자리가 어디에 있나 두리번거리고 있다.

이제는 다시 보지 못할 애인과의 시간들은 자연스레 공(空)으로 남겨져 있고 이 낯선 시간을 어떻게 견뎌야 할지 막막할 즈음 '그렇지, 나에겐 책이 있었지' 하며 다시 뻔뻔하고 호기롭게 책 표지를 넘겨본다. 책은 이런 내 모습을 비웃지 않고 조용히 말해준다.

'잘 왔어.'

그런 마음이었다. 연애를 하면서도 무의식적으로는 책을 읽어야 한다는 마음이 있었지만 둘이던 삶이 재미있었고 행복했기에 쉬이 손이 가지 않았다. 원체 사람은 새로운 것을 발견하면 익숙한 것에는 자연스레 흥미를 잃으며 다른 세계로 모험을 떠난다. 그렇게 긴긴 모험을 떠났다가 다시 제자리로 돌아오거나 아니면 서로가 가지고 있던 것들을 결합하여 서로를 껴안고 평생 살아가기도 한다.

이번에도 나는 전자였다. 후자를 은근히 기대하면서도 아직은 때가 아님을 서로 인정하고 다시 제자리로 돌아오는 길이다. 돌아오는 길은 참 험난하다. 곳곳이 당신과 함께했던 추억들이다. 외롭고 슬프지만 나는 문장들에 기대어 한 걸음 한 걸음 나아가본다.

지난번에는 서재에 들어가 읽어볼만한 책들이 무엇이 있나 둘러보았는데 참으로 좋은 책들이 많았다. 내가 예전에 읽어보고 싶었던 책은 언제 샀는지 기억에 없지만 어디 한 켠에 조용히 꽂혀 있었다. 취향은 변하지 않는다고 과거의 나를 은근하게 칭찬해본다. 이내 사놓고도 읽지 않았던 것에 머쓱해졌지만 말이다.

이제 당분간은 상대방의 감정을 신경 쓸 일이 없어졌으니 온전히 자유롭게 혼자 자신의 감정에 집중하며 곱씹어볼 차례. 살

좋아하던 것을
이뤄하기도 하고

노력했던것을
놓아버리기도 했다.

그렇게 자신이 되어간다.

이 찌는 느낌이 싫어 먹지 않았던 달달한 것들은 이제는 편히 입으로 직행하고서는 '찌면 또 어떤가?'라는 넓은 아량이 생기기도 하며 자신의 후함을 맘껏 펼쳐본다.

끊임없이 균형을 이루고 살아가는 게 건강하고 이상적인 삶이다. 내가 바라는 것이기에 일부러 절제하기도 한다. 하지만 홀로 돌아가는 길이거나 고단한 하루에는 어쩌면 조금은 풀어져도 괜찮을 것 같다. 그렇지 않으면 내가 본능적으로 좋아했던 것은 무엇이었는지 나라는 사람은 누구였는지 영영 잊어버릴 듯하다.

그러니 내가 예전에 사고 잊고 있던 책을 다시 꺼내어 내 시간 속에서 들고 다니며 읽으면서 줄 치면서 다시금 책 속으로 들어간다. 그렇게 혼자인 나를 다시 더듬더듬 찾아가본다.

카 페

다시 돌아왔다. 내가 첫 번째 책을 내기 위해 매일같이 드나들었던 이곳으로. 이곳은 서울 모처에 24시간 사람들이 끊이지 않는 카페고 무려 건물 한 채가 카페로 구성되어 여러 사람들이 머물렀다 나가고 다시 들어온다. 이곳에서 나는 얼마나 많은 단어들을 적었던가.

사람들은 무엇을 하는지 자세하게는 모르지만 대체로 나와 비슷하게 자신의 노트북을 가져와 화면을 뚫어져라 쳐다보며 클릭을 하거나 타자를 친다. 동질감이 느껴져서인지 나는 작업이 늦어질 때마다 이곳에서 모르는 사람들과 함께 아침을 맞았다. 이 애증의 공간을 언젠간 다시 찾겠지 생각은 했지만 해가 두 번 바뀌고서야 다시 찾다니, 생각보다 이른 것 같아 울적하면서도 은근한 기대감도 든다. 저번과 다르게 조금 더 능숙해졌을 줄 알았지만 나는 좋은 글을 쓰고 싶다는 욕망만 있을 뿐 여전히 어렵고 두렵다. 그럼에도 불구하고 앉아 쓴다.

이맘때면 책을 미친 듯이 읽는데 그 책들은 대부분 나에게 용기를 불어넣어주는 것들이다. 다만 자기계발서는 아니고 대개 글을 쓰는 작가들이 어떻게 글을 써왔는지 아니면 구조나 틀을 짜는 방법을 알려주는 방법론적인 책들을 마치 벼락치기하듯이 읽는다. 이 시즌에는 책을 내고 쓰기 위해 책을 많이 사고 읽는다. 뭐가 먼저인지 모르겠다. 아무래도 이렇게 내 인생은 굴러갈 것 같다는 생각이 든다. 그 책들을 읽어보면 결국 결론은 이것이다.

'많이 읽고 많이 쓰세요. 그것밖에는 답이 없습니다.'

마지막 장을 읽고 덮었을 때 '결국 또 이 결론이구나. 뻔하지, 뭐' 싶으면서도 계속 책을 사는 이유는 그때마다 같은 결론이 색다르게 느껴지기 때문이다. 작가마다 이유들이 미세하게 다르다. 그걸 찾는 재미가 있다.

오늘은 스티븐 킹의 《유혹하는 글쓰기》라는 책을 가지고 다시 이 카페를 찾았다. '어떻게든 되겠지'라는 심정으로 음료를 시키고 자리에 앉는다. 세계에 나와 같은 나이에 나와 같은 목적을 가진 사람이 3122명은 더 있을 거라고, 시차가 다르니 이 시간 즈음 같이 앉아서 컴퓨터에 텍스트를 두들기고 있다고 생각하면 외롭진 않다. 더군다나 노트북을 빤히 쳐다보고 있는 사람들이 당장 옆에 있다. 다들 어떤 목적을 가진 채로 하나하나 해나가고 있는 것이다. 이런 활기에 나도 스며들기로 한다.

한 문장을 쓰다가 막힐 때도 있다. 여기서 어떻게 나아가야 하나. 그러면 일단 음료를 한 모금 마시고 위 문장을 다시 한번 읽다 보면 생각이 나올 때도 있고 '아, 진짜 도저히 모르겠다' 싶을 때도 있다. 그땐 이 글을 온전히 포기하고 싶어지고 이내 울고 싶어진다.

그렇지만 마냥 앉아 울 수는 없으니 차분히 생각을 한다. 그리고 한없이 참아왔던 배고픔을 생각하며 가짜 배고픔이니 뭐니 살찐다는 그런 연구결과는 무시하고 슬쩍 옆에 있는 젤리에 눈길을 주어 주섬주섬 하나씩 집어먹으면 거짓말처럼 힘이 솟으며 한 문장을 완성하게 된다. 시간 대비 좋아 보이는 문장은 아니지만 일단 한 줄을 썼다. 내일 보면 최악인 문장일 수도 있겠지만 고치면 될 일이다. 언젠가는 소설을 쓰고 싶고 시나리오도 써보고 싶은 마음이 있는데 이렇게 해서야 뭘 쓸 수나 있겠는가 생각을 잠시 해본다. 하지만 그때가 되면 그때의 나에게 맡겨두기로 한다.

주위를 둘러보니 아까 있던 사람들은 어디론가 가버리고 다른 사람이 앉아 있거나 여전히 아까 그 사람이 자신의 할 일을 하고 있다. 오늘은 누가 누가 마지막까지 남아 있을까. 끊임없이 드나들 수 있는 24시간 카페이니 마지막은 없는 거겠지. 그저 끝나는 건 자신이 세워놓은 그날의 할당량이겠지.

다 끝난 줄 알았지만 다시 찾은 이곳은 여전히 끝이 없는 사람들이 앉아 있다. 나 또한 새로운 목적을 가지고 돌아왔다. 각자의 자리에 마치 좌석표처럼 놓여 있는 카페의 전용 음료 잔들. 나는 이 글을 다 쓰면 표 한 장을 더 사볼 예정이다. 몇 시간 전에 이미 다 마셔버려 갈증이 나기 때문이다. 그럼 해결될 일이다. 그런데 좋은 문장을 쓰고 싶은 갈증은 어디에서 해결하면 될까? 갑자기 또 엉뚱한 생각에 빠지는 시점이다.

한 바 탕 했 을 때
읽 으 면 좋 을 글

좀처럼 누군가를 좋아하는 마음이 생기지 않는 이 시대에 상대방을 알아가고 호감이라는 씨앗이 생기는 것은 참으로 귀한 순간이다. 누군가를 좋아하는 마음을 가진다는 것은 내가 생각한 기준에 부합할 때, 서로의 타이밍이 절묘하게 맞을 때 아니면 자신도 모르게 어쩔 수 없이 끌려버릴 때가 고작 전부일 테다. 조금 더 다양한 형태는 더는 없는 것일까?

우리는 점점 만남을 피로하다 느끼고 삶이 버거워졌으며 자존감이 높아졌기에 누군가를 좋아하기란 쉽지 않아졌다. 그렇지만 한편으론 그래서 더욱 오래 누군가와 함께하기를 꿈꾸기

도 한다. '나는 정말 괜찮은 사람인데 당신도 과연 그런 사람일까?'라는 의구심은 나르시시즘이 아니라 사실인 것을 어쩌겠나. (이래서 연애를 못하는 것일까 싶기도 하고.)

인간적인 호감을 갖기는 그리 어렵지 않다. 사람에게는 좋은 면이 항상 있고 그것을 찾기란 쉽다. 첫 만남에서 상대방은 좋은 면만 보여주려고 한껏 에너지를 쏟아내기 때문이다. 나 또한 그런 사람이다. 하지만 이것은 일차원적인 호감일 뿐, 누군가를 좋아하게 되려면 그 사람만의 알 수 없는 어떤 호감 포인트가 조금 더 쌓여야 한다.

그러기 위해서는 상대방을 조금 더 지켜봐야 할 텐데, 제 아무리 바쁜 사람들이라고 해도 어느 한 사람에게 궁금증이 생긴다는 것은 그 무엇보다 재미있는 일이 아닐 수 없다. 그렇게 서로의 궁금증을 해결해나가며 자신만의 판단으로 조금씩 그 사람의 데이터를 수집한다. 더불어 그 사람도 나에게 지대한 관심이 있다는 느낌을 받는다면 상대방과 자신의 시간을 더 가까이 두게 된다.

미래를 그리는 상상과 자신의 결심, 상대방의 호의 등으로 서툴지만 어떤 한 관계가 성립되는 것으로 끝이 나는 줄 알았다면 큰 오산이다. 이제부터가 진짜 시작이다. 서로는 환상을 가지고 시작을 했겠지만 생각보다 불완전한 서로를 끌어안기란 쉽지 않다. 서로의 자존심을 세우느라 아니면 잘 알지도 못하면서 두려움에 휩싸여 이야기하지 않은 오해들을 만드느라고 혹은 서로에게 신경 쓰는 동안 특별했던 일상들이 다시 제자리로 돌아왔고 자신들의 일상이 별것 아님을 깨닫게 되어 그것이 재미가 없어졌다고 생각을 하고 얼마 되지 않아 헤어지는 수순이 태반이기 때문이다.

삶은 그리 특별한 것이 아니다. 그저 살아내는 것일 뿐. 그때 옆에 누군가와 함께라면 더 즐거워지기도 더 외로워지기도 한다. 그리고 높은 확률로 외로울 때가 더 많다. 서로에게 행복한 순간을 같이 만들어나가고 싶지만 우리는 가진 게 너무 없고 시간이 지나 가진 게 많아졌을 때는 이미 너무 무뎌진다. 누군가가 옆에 있다는 것은 이러나저러나 고통스러운 일일 수도 있다. 내 앞가림만 하기에도 벅찬데 누군가가 옆에 있는 것이 무슨 소용일까? 이런 생각이 왕왕 들 수도 있다.

그럼에도 불구하고 특별한 누군가가 있다는 것은 그 반대로 힘이 되기도 한다. 내 자신도 온전히 내 편이 되지 못할 때가 있다. 그럴 때 옆에 있는 사람에게 위로받을 수 있고 다시금 힘낼 수 있다. 이것은 친구나 부모의 위로와는 조금 다른 차원이다. 또한 그간 그 사람을 다 안다고 생각해도 지내다 보면 나에게 보여주지 못한 면들이 많을 수도 있다.

잘 보이고 싶어서 좋은 면만을 보여주는 것은 사실 오래갈 수 없다. 진짜 모습을 보여주면 상대방은 거기에서 의외성을 찾아내기도 하는데 그것은 나를 당황하게 만든다. 그리고 이것을 어떻게 풀어내야 하나 고민을 하게 한다. 여기서 많은 사람들은 지레 겁을 먹고 같이 풀어내는 대신 포기하기도 한다. 이런 경우가 제일 아쉽다. 서로의 일부가 되는 일은 그렇게 쉽게 이루어지지 않는다. 오해와 몇 번의 싸움, 네가 나한테 어떻게 이럴 수 있어 등의 말이 조금씩 오가야 이제 뭔가가 생기는 것이니.

내가 당부하고 싶은 것은 웬만하면 조금 더 길게 멀리 보자는 것이다. 잠깐의 실수가 영원히 그를 잃어버리게 만들 수도 있다. 눈앞에 다가온 파도를 피하는 데 급급해 손을 놓아버렸다가는 급한 불이 꺼지고 났을 때 내가 왜 그랬을까 자책하는 일이 더 많을 것이다. 다른 세계를 살아온 누군가와 함께 걸어가는 일은 쉽지 않다. 몇 번 아니 몇 십 번, 몇 백 번의 다짐이 필요하다. 그 속에는 아름다운 순간보다 고통스러운 순간이 더 많겠지만 누군가와 함께라면 견뎌낼 힘을 얻을 수 있다.

이 글은 누군가와 한바탕했을때 읽어보라 쓴 글이다. 한숨 자고 다시 한번 그 사람과 함께하겠다고 마음먹었던 예전의 결심들을 떠올려보았으면 좋겠다. 그것이 부디 '아님 말고' 식의 가벼운 마음이 아니었으면 하는 바람들이 여기에 있다.

결 핍

어느 날, 나는 생각을 했다.

내가 이렇게밖에 될 수 없었던 이유를.

'이렇게밖에'라는 말은 부정적인 것 같지만

단지 조금의 결핍이 있을 뿐이다.

그 결핍은 어렸을 적 미처 채워지지 못했고

조그마한 구멍이 난 채로 자랐을 뿐이다.

그 갈증은 조금씩 드러났고 집착을 하기도 했다.

나는 그 채워지지 못한 부분이

너무너무 신경 쓰인다.

멀리서 보면 별것도 아닌데.

그러나 나는 멀리 보지 못한다.

고 양 이

나는 집에 반려동물은 없지만 지나가는 반려동물을 보면 안아주고 싶은 마음이 듬뿍 들고 나도 모르게 무장해제 되어 길에서 실실 웃는 사람 중에 하나다.

반려동물과 함께 살아가고 싶지만 내 삶의 버거움들은 아직 준비되지 않았다고 말해주고 있다. 하여 인터넷 세상에서 반려동물의 모습을 찍어 올리는 계정들을 몇 개 팔로우해놓고 랜선으로 같이 키우는 마음으로 애정 어린 좋아요를 누른다.

그러던 어느 날, 몇 년간 봐오던 집사님의 계정에 고양이가 무지개다리를 건넜다는 소식이 올라왔다.

"20xx.xx.xx~20xx.xx.xx ○○이 무지개다리를 건넜습니다. 그동안 예뻐해주셔서 고맙습니다. 부디 좋은 곳에서 편하게 쉬기를 바랍니다."

짧고 간결한 문장이었지만 집사님의 슬픔을 가히 짐작할 수 있었다. 조용히 좋아요만 눌러왔지만 오늘은 명복을 빈다는 짧은 덧글도 적었다. 몇 달 전부터 업로드가 뜸했던지라 무슨 일이 있나 생각은 했지만 예상하지 못한 소식에 당황스러운 감정이 먼저 들었다. 더는 ○○의 모습이 올라오지 못할 것이며 올라오더라도 집사님의 그리움이 사무친 과거의 모습일 것이라고 생각하니 이내 슬퍼졌다.

그렇게 누군가의 품에 익은 티가 조금씩 났던 그 고양이는 갑작스레 무지개다리를 건넜다. 나도 이렇게 슬픈데 긴긴 기간 살을 맞대며 함께 생활을 해왔을 집사님의 마음을 헤아릴 수 있을까. 누군가를 떠나보낸다는 일은 상상도 가지 않는다. 이미 익숙해져 일부가 되어버린 탓에 그런 생각을 해본 적도 없거니와 현재를 바삐 사느라 그럴 겨를도 없었다는 모른 척을 해본다.

그러나 죽음 앞에서 그런 변명은 무용지물이다. 그곳엔 텅 빈 구멍과 상실감만이 자리 잡을 것이다. 잊어야 할 일은 잊어야 한다지만 이는 차원이 다르므로 잊는다기보다는 가슴에 묻고 살아가는 것이겠지. 쉬이 인정할 수 없는 일들은 갑작스레 찾아온다. 하지만 ○○은 아마도 예전부터 차근차근 준비하고 있었을 수도 있다. 다만 말을 못해서 그저 눈으로만 끔뻑끔뻑 집사를 바라보며 시간을 보냈을 뿐. 그래도 조금은 티라도 내주지.

복잡한 생각들과 슬픈 감정들이 뒤섞이며 결국은 집사님의 마음이 잘 추슬러지기를 마음속으로 바랐다. 나는 앞으로 길을 가다 검은색 턱시도를 입은 고양이를 보면 ○○을 떠올릴 것 같다. 부디 평안했으면 좋겠다.

보 고 싶 은
마 음

어제는 보고 싶은 누군가를 생각하며 그림을 그리다 그 옆에 연필로 조그맣게 꾹꾹 마음을 눌러 담아 한 글자씩 글을 써 작품을 완성해보았다. 하지만 멍하니 계속 바라보다 무슨 마음인지 이내 부끄러워져 지우개로 지워버리고 잠을 청했다.

그러나 보고 싶다는 마음은 오늘이 되어도 쉬이 지워지지 않았다. 그 마음을 알고 있다는 듯, 글씨는 지워져버렸지만 연필 자국은 움푹 패여 선명히 남아 있었다. 그래서 나는 그 위에 연필을 대고 솔솔솔 칠해보았다. 그러자 홈이 패여 있던 자국들은 칠해지지 않은 채 다시금 글씨들이 드러나기 시작했다. 어제

보다는 선명하지 않았지만 그래도 다시 읽을 수 있었다. 그것은 어쩔 수 없는 어제의 내 마음, 그리고 쉬이 놓고 싶지 않은 오늘의 내 마음이었다.

나를 놓아버리고 솔직해지기란 왜 그토록 어려운 일일까? 솔직하기보다는 순간순간 뒤바뀌는 감정들이 내 머릿속에서 싸우고 있는 듯하다. '이렇게 되면 너만 힘들 거야. 현실을 자각해야 이치에 맞고 도리에 맞게 살아가야지. 그래야 올바른 나로 살아갈 수 있지'라는 개혁파와 '충분히 그리워해도 돼. 그 사람과의 추억을 어떻게 한번에 잊을 수 있겠어? 보고 싶을 때 보고 싶어해'라는 온건파가 내 안에서 파티를 열고 있다. 머리로는 알겠지만 마음으로서는 알 수 없는 것. 나는 나의 미숙함과 어색함을 용서하기 힘들다.

에라, 모르겠다. 그럼 보고 싶어하는 시간을 정하자. 사실 내가 바쁠 때는 그 사람의 생각이 나지 않다가도 혼자가 되면 그 사람이 스멀스멀 생각날 때가 있었다. 처음보다 많이 나아졌다. 처음에는 순간순간 모든 게 너였는데.

집으로 돌아가는 길에는 끊임없이 보고 싶어하자. 언젠가는 아무렇지 않아질 때가 있겠지. 이어폰을 귀에 꼽고 이한철의 〈산책〉을 틀어본다. 그리고 집으로 가는 발걸음을 옮긴다. 나는

그가 보고 싶어 오늘도 산책을 한다는 이 가사를 온전히 이해한다. 어느 날은 집이 너무 가까워서 빙 돌아가기도 했지. 내가 알던 그 모습들을 다시 생각하기에 만 보는 이미 아무것도 아니었지. 다시 보지 못하는 그 사람을 나만의 방식으로 기억하는 것은 누군가에게 이상해 보일 수도 있겠으나 이것은 내가 나의 감정을 정리하는 일종의 예의였다.

아침에는 어떤 신발을 신을까 잠깐 고민을 하다 아무렇지 않게 걷기 편한 운동화를 신는 내 모습을 발견하곤 한다. 오늘 입은 옷에 뜬금없는 운동화지만 그것은 이미 나와 상관없는 일이다. 아직까지는.

언젠가 어여쁜 옷을 입고 신발장에서 망설이지 않고 운동화가 아닌 조금은 불편하지만 기분을 내는 신을 신고 아무렇지 않게 집을 나서는 날이 오겠지.

작 업 의
방 식

　아침에 눈을 떴을 때 오늘이 다시 시작됐음을 권태롭게 여긴
나날들이 있다. 씻는 건 너무 귀찮고 왜 머리는 시간이 지나면 티
가 나는지 이런 의문을 가져본 적이 있는데 이는 대부분 내가 움
직이기 싫을 때 드는 생각들이었다. 그럴 땐 커피를 내려 마시자.
남녀노소 기호식품이 된 커피. 고등학생일 때까지는 무슨 맛으
로 먹는지 왜 사람들은 커피를 달고 사는지 이해를 하지 못하였
으나 머리가 크면서 생명수처럼 마시게 될 줄은 나도 몰랐다.

　어디에선가 우리나라 성인 1인당 연간 커피 소비량이 377잔
이며 이는 점점 늘어날 추세라는 기사를 본 적이 있다. 친구들

이 노년에 카페를 열고 싶다는 막연한 계획은 이제 허투루 느껴지지 않는다. 이미 우리나라 원두 수준은 높아져 있다 생각이 드는데 이는 원두를 납품하는 공장도 생겼을 뿐 아니라 원두가 가게의 흥망성쇠를 결정하는 중요한 포인트 중 하나가 된 것을 보고 하는 말이다.

커피 이야기를 하다가 왜 여기까지 왔는지 모르겠으나 카페인을 섭취해주면서 정신을 차려보는 의식을 거행하면 몸이 오늘을 살라 일으켜준다. 어제 하지 못했던 일의 연장선과 연락해야 할 일들을 기억해본다. 가끔 정신이 없어 빼먹을 때도 있기 때문에 항상 어딘가에 적어 놓지만 이것마저 까먹으면 답도 없는 일이다. 그럴 땐 조금의 자책을 한다. 아, 나는 하등 쓸모없는 존재구나. 이것을 까먹다니. 어떤 바보 천치가 잊으면 안 되는 그런 일을 잊냐. 그건 바로 나 자신이었구나.

조금의 자책이라고 적고 세상의 불길함을 모두 쓸어 모아 말하는 자신을 발견하다 보면 끊임없이 자기 비하에 빠지게 될 거라 생각하지만 걱정 마시라. 이는 나의 완벽하지 못함을 자책하기보단 적어도 나는 인간적임을 상기시키기 위한 연막작전이다. 이마를 딱 짚으며 못 이기겠다는 듯 고개를 절레절레 저어보면 세상 못 말리는 말썽꾸러기가 되는 것이다.

아이고, 이게 문제가 아니고 얼른 앞에 놓인 일들을 해결해나가자 하며 시계를 보면 10:10. 또 보았다. 연속으로 찍힌 시간의 숫자들을. 단지 우연이겠지만 그러면서도 자주 반복된 숫자들을 마주하면 은근하게 기분이 좋다. 좋은 일이 축적되는 것처럼 느껴진다. 한번은 3:33, 어느 날은 4:44, 그리고 오늘은 10:10. 이것은 나에게 중요한 의미다. 오늘 하루의 운을 결정해주기도 하는 무의식 속의 필사적 몸부림. "오늘은 운이 좋겠구나." 혼잣말처럼 되뇌고는 밖을 나서 버스 정류장에 서면 정말 마법처럼 버스가 바로 온다. "오, 감사합니다." 어딘가에 감사해야 한다는 것이 나도 모르게 튀어나온다.

버스에 몸을 실으면 나와 같은 시간대에 어디론가 이동하는 사람들이 이렇게나 많음을 깨닫고 이들은 어디를 가는 것일까 궁금한 것도 잠시, 휴대폰을 쥐고 오늘 일어난 이슈들을 읽어본다. 전보다 기사를 잘 믿지 않게 되었고 쓸데없는 정보들이 피로해졌음에도 뭔가를 끊임없이 읽는다. 그럼 새롭게 뭐든 쌓인다.

여전히 누군가 새로이 만나는 일은 없고 어제와 다르지 않게 혼자 계획하고 혼자 작업한다. 나는 내가 하고 싶은 일을 운 좋게 하고 있지만 내 속에서 나를 창조해나가야 하기 때문에 나 혼자 물어보고 나 혼자 답한다. 어느 정도 익숙해질 법도 한데

매번 새로운 형태로 외롭다. 하지만 이렇게 다시 아침이 오고 위에 나열한 감정들, 생각들을 미세하게 잡아내 그 속에 조그맣게 쌓여가는 의미를 수집하는 사람이 되고 있다. 글과 그림은 이렇게 하나씩 골조가 되고 점차 완성의 모습으로 다가간다.

'완성의 모습이다'라고 문장을 마치면 참으로 좋겠지만, 나의 글과 그림은 아직까지 미완성의 감정과 생각 그리고 부족한 문장일 뿐이다.

책 읽는
패턴

어디에선가 돈을 얻으면 책을 산다. 그게 나의 즐거움이다. 예전에는 아르바이트를 해서 꾸준히 한 달에 한 번씩 책을 사곤 했는데 일정한 수입이 없는 지금은 오히려 한 달에 한 번이 아닌 한 주에 한 번씩 사곤 한다. 전보다 심해진 아이러니한 책 소비 패턴. 그렇다고 돈벌이가 나아졌는가 물어본다면 그건 아니라 힘주어 말할 수 있다.

다만 물질적 빈곤이 더해지니 정신적 빈곤의 목마름이 더 두드러지는 모양이다. 그래서 나도 모르게 목마름을 채우고자 서점을 찾아 들어가게 되고, 요즘 책은 어떤 게 있는지만 보자고 다짐하면서도 서점을 나올 때에는 꼭 손에 책이 한 권씩 들려 있는 나를 발견한다. 그러고선 다시 다짐을 한다. 이 한 권은 꼭 끝까지 읽으리라. 이 책을 읽고 나면 한층 성숙해진 나를 은근하게 기대하기도 한다.

하지만 그것은 일시적인 다짐일 뿐이다. 집에 돌아와 샤워를 하고 누워서 휴대폰을 만지작거리며 이것저것 살펴보다 잠이 든다. 오늘 정리 못한 가방 속에는 책이 나를 기다리고 있다. 다음날이 되어서야 새 책을 꺼내보지만 오늘은 이 책보다는 전에 다 읽지 못한 그 책이 나를 기다리는 것 같아 결국 집을 나설 때는 다른 책을 집어 든다.

그렇게 완독을 하지 못한 책들이 쌓여가고 지적 허영심이 나를 옭아맨다. 서재에는 책들이 점점 많아졌다. 어떤 날은 출판사에서 보내준 많은 책들이 나를 기쁘게도 부담스럽게도 만든다. 언제나 기쁜 것은 책이 나에게 왔다는 사실이고 부담스러운 것은 어떻게 해야 이 책을 되도록 잘 읽어볼 수 있을까 싶은 마음이다. 나에겐 점점 읽어봐야 할 것들이 많아진다.

중학생 때, 누구에게나 오는 질풍노도의 시기를 맞이하여 학교를 며칠이고 빠진 적이 있다. 그때 아빠는 진지하고 화가 난 말투로 그럴 거면 학교를 자퇴하고 책을 사다줄 테니 집에서 그것을 읽으면서 살라고 한 적이 있다. 그때 아빠는 붉으락푸르락해져서 말했기에 그 말을 들으면 뭔가 큰일이 날 것 같았고, 그 당시 나는 친구들이 더없이 중요했기에 그런 일은 세상에서 있을 수 없는 일이었다. 학교만은 다니게 해달라며 막 울었던 기억이 있다.

그런데 지금 돌이켜 생각해보면 그 방법도 꽤 괜찮았겠다 싶다. 아빠는 홈스쿨링 개념을 말한 건데 어린 나는 학교라는 울타리를 벗어나는 것이 두려웠다. (그래놓고 학교를 가지 않은 이유는 무엇이었을까?) 어쨌든 그때 내가 만약 학교를 다니지 않고 책만 읽었더라면 어떻게 변해 있을까? 이런 생각도 종종 해본다.

머리가 크고 일을 하다 보니 책을 읽고 싶다는 열망이 있으면서도 점점 읽을 시간은 줄어든다. 하지만 걱정을 하는 대신 마음을 바꾸어보기로 했다. 굳이 책을 읽을 시간을 내는 대신 틈틈이 책을 읽는 방법도 있었다. 이동할 때나 작업하기 전에 책을 읽으니 어느 정도 완독을 할 수 있었다. 그렇게 책은 읽힌다.

나는 한 책만 붙잡고 읽는 성격은 아니고 기분에 따라, 아니면 쓰는 글에 따라 책을 선택하여 읽곤 한다. 그래서 완독보다는 다독에 가깝다. 때로는 이런 내용, 저런 내용이 짬뽕이 되어

조금 헛갈릴 때도 있지만 그렇다고 해서 다른 책이 지금 읽는 책을 방해하지는 않는다. 여러 생각회로에서 그 문장을 곱씹어 볼 수 있기에 되려 재미있다.

뭐 그런 것이다. 고작 몇 자 채워져 있는 종이책을 일평생 들여다보면서 그것에 재미를 붙이고 살아온 것은 계속될 듯싶다. 부담을 느끼면서, 접목을 시키면서, 이야기를 읽으면서 쓰면서, 이렇게 앞으로도 죽기 전까지 완독하지 못한 책이 있을지라도 어디에선가 고개를 푸욱 처박고 거북목이 되든 말든, 눈이 나빠지든 말든 나에겐 읽을거리 하나 있으면 그만이다.

곧 태어날 포동이에게

　나와 2촌인 친오빠와 새언니 사이에서 이제 곧 귀한 생명체인 네가 태어날 예정이야. 너의 예명은 포동이고 고모는 아직 딱히 해줄 게 없어서 태어나지도 않은 너에게 몇 가지 이야기를 해주려고 한다.

　포동이 네가 조금씩 머리가 커서 글씨를 읽을 수 있게 되고 생각이라는 것을 할 즈음이면 이 글도 읽을 수 있겠지. 그때가 되면 더 많은 것들이 바뀌어 있겠고 나의 생각도 낡아질 수 있겠어. 고리타분한 이야기일 수도 있지만 그래도 한번 읽어봐줄래?

　엄마(나에겐 새언니)는 너를 임신했을 때 너를 데리고 다니느라 걸음이 조금 느려졌고 맛있는 것을 먹을 때 너의 반응을 살피곤 했었어. 너는 초코우유를 좋아한다고 했어. 달달한 것을 먹으면 그리 좋아한다고 엄마가 그랬어. 나도 달달한 걸 먹으면 기분이 좋아지던데 너도 똑같구나? 아, 이 말을 하려던 게 아니라. 네가 점점 사람의 형태를 갖추어가면서 그만큼 엄마는 거동을 모두 너에게 맞췄어. 그럼에도 불평 한마디 않고 그저 너의 건강을 바랐단다. 언젠가는 엄마가 답답할 때도 있겠고 세대차이가 느껴지기도 할 거야. 기억이 나진 않겠지만 너를 품고 다녔던 엄마를 한번만 떠올리고 조금은 너그러운 마음을 가져보자.

너희 아빠는 혼자 방에 있던 나에게 쑥스러워하며 다가와서는 네가 우리에게 왔다는 소식을 처음 전해줬어. 나는 참 놀랐고 걱정도 됐지. 동생으로서 너희 아빠는 아빠가 되기에 한참 부족한 사람이라 생각했거든. 그런데 네가 생기고 난 뒤 누구보다 열심히 사는 것 같더라. 밤낮으로 출퇴근하면서 점점 체중이 늘었고 얼굴은 전보다 거멓게 타고 손은 거칠어졌어. 겉으로는 아무렇지 않은 척했지만 마음속으로는 조금씩 걱정도 됐어. 네가 태어나기도 전인데 너무 무리하는 것이 아닐까?

네 아빠와 엄마는 할 수 있는 범위에서 최선을 다해 너를 멋지게 맞이하고 싶었나봐. 그래서 더 열심히 살고 그러더라고. 그 와중에 고모 용돈도 주고 가고 그랬다? 생색을 내서 조금 짜증나긴 했지만 그래도 고맙더라. 너네 아빠 막 뭐 해주고서 조금 생색낼 수도 있어. 그럴 땐 네가 잘 받아줘. 마냥 보호받아야 할 존재이긴 하지만 너도 가족의 중요한 일원이니까 같이 보듬으면서 살아가는 거야.

아빠도 엄마도 고모도 다 너와 같은 사람이기에 실수도 할 수 있고 부족한 부분이 많을 거야. 그럴 때마다 실망보다는 이해를, 그리고 대화로 풀어나갔으면 좋겠다. 없는 것에 불평을 하기보다는 있는 것에 감사하고 앞으로 같이 발전할 수 있는 통로를 이야기해보자. 고모가 척척박사는 아니지만 너의 고민을 들어줄 시간과 지혜롭게 헤쳐 나갈 방법을 터득해놓을게.

태어나고 나면 어려운 것들이 참 많을 거야. 알 수 없고 내 마음대로 안 되고 힘들고, 앞으로 그런 것투성이일 거야. 조금 우울한 사실이지? 그래도 위로가 되는 말을 하자면 모든 사람들이 다 그래. 부모님도 고모도 심지어 대통령님도! 그러니까 너무 상심하지 말고 차근차근 너의 속도를 맞추어가면 돼. 네가 알 수 있는 건 오직 너의 경험으로만 깨달을 수 있어. 많은 경험을 하길 바란다. 물론 제일 중요한 건 너의 건강이야. 크면서 다치지 않을 수는 없겠지만 많이 다치지 않고 튼튼했으면 좋겠다. 그렇게 잘 살아보자, 새로운 민 씨 가족이여.

아, 그리고 민 씨 여자들 조금 드세고 뭐 그렇다는데, 모르겠어. 사실인거 같아. 고모도 한 성격 하는 거 같지만 그래도 잘 지내보자. 넌 정말 귀한 존재니까. 너도 항상 그렇게 생각하면서 살아가길. 곧 보자!

3부
·
너를 그렇게
단정 지을 수
없는 거라고

삶 의
태 도

나는 너무 자주 감탄하고 너무 자주 공감하고 슬퍼하는 사람
이다. 대답보다는 질문을 많이 하는 편이고 다른 사람의 이야기
를 듣는 것이 재미있다. 그 사람을 하나씩 알아가는 일은 내가
몰랐던 세계가 열리는 것. 그들은 나에게 새로운 이야기를 많이
해주었다. 내가 몰랐던 것을 알려주면서 기뻐했다. 그러면서 나
는 조금 덜 편협한 사람이 되어간다.

어느 날은 하늘에 있는 것들을 찍어서 "애들아, 이것 봐라. 오
늘 하늘은 이렇게나 예쁘게 물들었어"라든지 또 다른 날은 "애
들아, 오늘 달 꼭 봐라. 진짜 크다"라며 달의 안부를 챙겨주기도

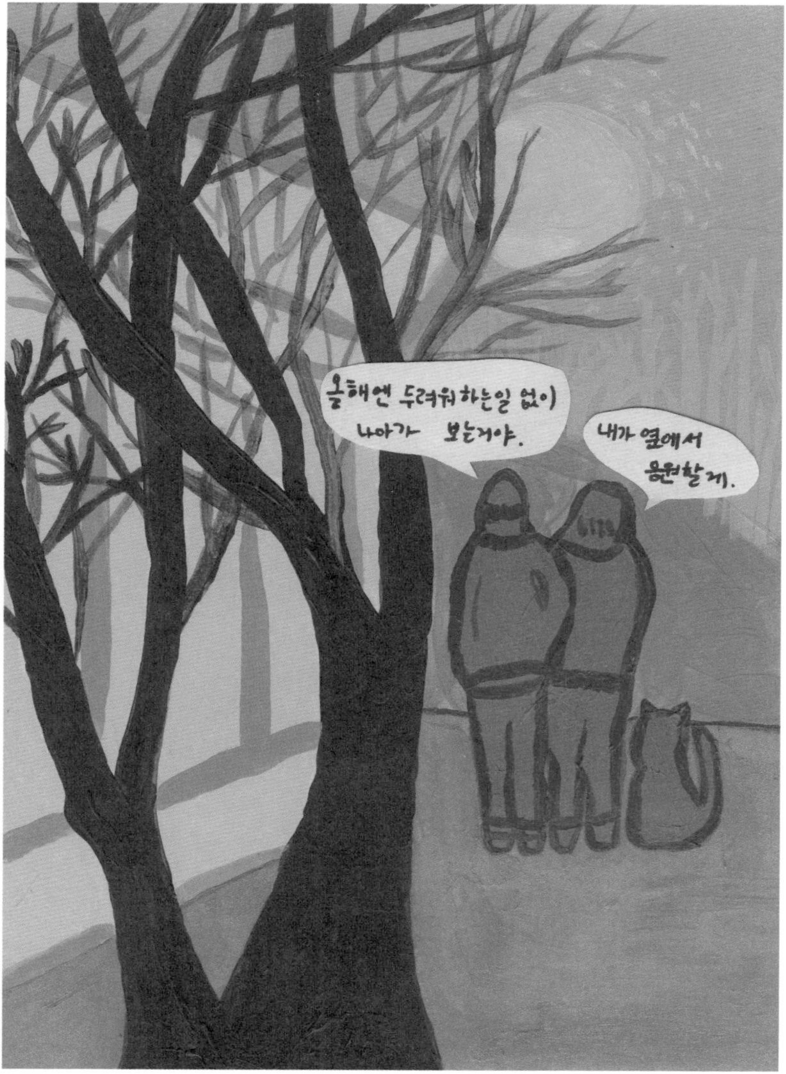
올해엔 두려워하는일 없이 나아가 보는거야.
내가 옆에서 응원할게.

했다. 그렇기에 나는 이렇게 되었는지 몰라. 알려주지 않았더라면 금방 지나쳐 오늘은 어떤 아름다움이 있었는지 몰랐을 테니까. 그 속에 조그마한 슬픔이 겸해 있다는 사실조차 몰랐을 테니까. 이 모든 것에 참 고맙다는 생각이 드는 밤이다. 그리고 다행이라는 생각도.

알기를 거부하고 포기하며 살았더라면 내 삶은 아주 빠르고 차가웠을 거야. 그게 무슨 소용이 있겠어. 남들보다 조금 더 많이 안다면 알려주면 되는 일이고 모르면 배우면 되는 것이다. 그렇게 살아가면 되는 것이었어. 누가 잘나거나 열등한 것이 아니고 그저 나누면서 살아가는 것. 그게 나의 삶의 태도가 되고 있다는 게 참 다행이다.

음 악

　기다리던 음악가의 앨범이 드디어 나올 준비를 하고 있다. 내가 그에게 얼마나 많은 위로를 받았는지. 어떤 날은 하루를 그의 음악으로 버텼지. 여러모로 가난했던 나날들은 이제 그로 인해 풍요로워질 예정이다. 그만의 목소리, 분위기는 누구도 대체할 수 없었다. 이게 음악의 힘이라던가.

　영화 〈비긴 어게인〉에서 댄은 그레타와 함께 음악을 들으면서 지극히 따분한 일상의 순간까지도 의미를 갖게 만드는 음악의 아름다움에 대해 말한다. 나도 모르게 미간을 찌푸린 건 그 말에 동의한다는 제스처였다. 나에게도 홀로 음악에 기대었던 시절이, 그러다 댄과 그레타처럼 누군가와 함께 음악을 들으면서 진주처럼 아름답게 빛나던 순간들이 있었다. 그 첫 만남은 이러했지.

키가 큰 친구들을 잔뜩 뒤로 끌고와선 여기 어딘가에 맛있는 집을 소개시켜달라고 천진난만한 얼굴로 누군가가 말을 걸었다. 이 사람은 뭐길래 나에게 이런 과제를 주나, 내가 맛집을 꿰뚫고 있을 것처럼 생겼나 생각이 들었지만 이내 좋은 맛집이 떠올라 꾸역꾸역 알려주었던 내가 기억이 난다. 그때 내 표정을 봐야 했는데. 너무 당황스러운 나머지 말까지 더듬거리며 설명을 했던 기억이 난다.

그 이후 키가 큰 친구들은 인사를 하며 떠나고 우리 둘은 따로 맥주를 한잔하게 되었다. 그때까지만 해도 맥주는 한 잔만, 열두 시 전 귀가를 목표로 이야기나 떠들다 가야겠다는 생각이었다. 서로 알아가는 게 흥미롭기도 하면서 그리 오래 알고 싶진 않았던 이유는 내 삶에 지쳐 있었기 때문이다. 그저 말동무나 조금 해줄 만한 친구가 필요했을 뿐이었다.

그런데 참 이상하게도 이걸 말하면 저게 떠오르고 저걸 말하면 또 다른 게 떠오르는 나를 발견했다. 우리는 흐르는 노래의

제목을 알아맞히기도 했고 틀리면 막 놀리기도 하고 무슨 자기들이 음악에 꽤나 일가견이 있는 사람들처럼. 그리곤 이어서 좋아하는 영화에 대해서도 이야기를 나누었다. 웨스 앤더슨의 〈그랜드 부다페스트 호텔〉 봤냐를 시작으로 해서 그 사람 천재라고 서로 대칭되는 장면들이 많다면서 맞다, 그렇다면서 신나게 맞장구를 치다 보니 이야기를 이어나가고 싶어지는 것은 당연한 플롯이었다.

적당히 마신 맥주와 예전부터 가고 싶다던 다른 술집의 이름은 이미 어딘지 알아놓았고 우리는 자리를 빠져나와 자연스럽게 2차를 가게 되었다. 그곳은 뮤직펍이었고 신청곡을 적으면 틀어준다고 하니 물 만난 물고기마냥 신청곡을 적어대는 우리였다. 조금 올라온 취기와 처음 만났지만 음악 취향이 비슷한 사람이라니. 이 얼마나 완벽한 조합인가.

음악에 집중하고 조그마한 흥얼거림과 뮤직비디오 영상에 웃음 짓고 그러다가 술이 다 떨어지면 술을 조금 더 마시고 가끔씩 눈이 마주치면 나는 정말이지 사랑에 빠지지 않으려고 노력했다. 서로 그냥 웃어 보일 뿐. 순간적인 마음들은 숨겨둔 채.

그렇게 우리가 선곡한 음악에 빠져 있을 때 근처에서 일하는 친구에게 연락이 왔다. 이쪽에 왔으면서 왜 연락을 안 했느냐고, 오늘 술을 무료로 줄 테니 얼른 튀어오라는 친구의 아량에 신이 나서 그 사람과 나는 바로 짐을 챙겼다. 신나는 밤이 나의 피곤함을 이긴 셈이다. 이미 열두 시 전에 들어가야겠다는 다짐은 물 건너 가버렸지.

친구가 일하는 곳에 도착하니 음악은 귀를 때린다는 표현이 맞을 정도로 크게 틀어져 있었다. 그 속에 신나게 춤을 추는 사람들이 모여 있었고 친구는 사람들을 비집고 나를 찾아서 왔냐며 웃으며 나에게 인사했고, 나는 고맙다는 말과 함께 서로를 소개시켜주고 인사를 나누고 재미있게 놀고 있으라 하며 친구는 일을 하러 다시 군중 속으로 들어갔다.

우리는 사람들에 섞여 같이 춤을 췄다. 끊임없이 무언가를 들이키면서. 불빛 속에서 그를 바라보았고 그가 미소를 지었을 때 가슴속의 무언가가 팽창했다. 더는 사랑에 빠지지 않을 이유가 없다는 생각이 들었고 우리는 곧 입을 맞췄다. 두려움은 고이 접어두고선 참아왔다는 듯 오래오래. 그도 같은 생각을 하고 있었던 거겠지. 그렇게 음악은 그와 함께 진주처럼 아름답게 빛나는 순간을 선사해주었다.

관 계 , 감 정 , 고 찰

누군가에게 온전한 내 모습을 보여줄 수 있는 사람이 몇이나 되나 생각을 해보면 '0'에 수렴하는 나는 장기연애모드에 돌입한 사람들을 보면 참 신기했다. 그들은 모든 것을 공유했을까 아니면 자신의 기준에 부합하지 못했던 모습들은 모른 척 눈감아준 적이 있을까. 이것은 그들만이 아는 일.

항시 사랑의 카테고리는 일시적이고 불완전하다. 우리는 왜 이렇게 사랑이야기에 열광하고 사랑노래에 기대어 살아갈까? 인생은 혼자라지만 결국 감정 어딘가에 사랑을 느껴야 살 수 있다는 뜻이 아닐까. 그 미묘하고도 복잡한 감정. 그것은 매번 두

내가 하고 싶은 말은 그거야.
상처 받았던 기억, 그게 내 감정이
아니었던 걸까. 내가 예민했던 걸까
하며 의심하지마.
그때 방어할 새 없이 문득문득 떠올랐던
아픈기억을 지우려 혼자 애썼던
시간을 기억해
괜찮아지기까지 넌 수많은 시간을
보냈던거야.
의미없는 시간 하나 없었어.
page-137

려우면서도 동시에 기대가 된다. 서로의 불완전함을 끌어안아야 비로소 완성되는 것들.

그러고 보니 맨 처음 썼던 문장이 다시 거슬리기 시작한다. 온전한 내 모습이랄 것은 또 무엇인가. '순간의 나' 또한 온전한 내 모습이었을 텐데…….

우리는 여전히 어느 하나에 진리를 뿌리내리지 못하고 붕붕 뜨는 마음으로 자신을 판단하고 그 사람의 의중을 파악하려고 한다. 그러나 직접 물어보지 않는 한 그것은 추측에 불과하다. 그렇기에 더욱이 알고 싶은 것일지도 모른다. 다양한 모습들이 존재하기에 끊임없는 이야기로 이어지는 것이니까. 어떤 경우는 끝을 알고 싶지 않기도 하다. 그것이 나에게 상처로 이어질 거라는 것을 아니까. 그렇게 관계는 끊어지고 이어지고 그 안에서 상처받고 위로받기도 한다. 여기에서는 사랑, 우정, 미움, 질투, 어떤 감정이든 허용되는 것이다.

어 떤
관 계

끝을 맺는 그런 관계는 너무 아프니까 되도록이면 시작조차 않는 사람이 되어가고 있다. 따스한 말 몇 마디 나누다가 서로의 의중 따위는 파악하지 않고 그저 그런 인간적인 호감들만 쌓아놓고 개인적인 일이 바쁘다는 이유로 가까워질 기회들을 자연스레 놓치고, 그렇게 스쳐 지나가는 사람들이 이젠 편해졌다.

이렇게 혼자가 익숙한 사람이 되는 것일까. 기대는 점점 낮아졌고 '그럴 수도 있지'라는 말은 서로를 기분 나쁘지 않게 하면서 그렇다고 깊어지지도 않는 그런 마법의 문장이 되었다. 그 문장을 자주 쓰는 사람이 되었고. 섭섭하지도 않았다.

몇 년 전까지만 해도 참으로 섭섭한 게 많았다. 누군가에게 기대를 마구 걸어두고 그들이 언제 풀어서 건네줄 것인지만 바라보던 가엾은 시절이 있었더랬다. 하지만 누구도 만족스럽게 돌려준 적이 없었고 억울했지만 결국은 내 탓으로까지 돌아왔다. 그렇게 몇 번의 계절이 지나니 내 마음의 온도 또한 조금씩 낮아졌다.

이제는 누군가를 만날 때 두 가지 마음을 만들어놓는다. '사람 다 똑같다'라는 마음과 '그렇지만 예외는 있을 수도 있다'라는 가정. 그렇지 않고 한쪽 생각만을 가지고 대한다면 어느 쪽이든 슬픈 예감이 들 것임을 알고 있기에. 그러다가도 어느 날은 그냥 염두에 두지 않고 만나면 안 되는 건지 한 번쯤은 생각해본다. 어쩌다 내가 이렇게 되었는지, 이건 내 탓인지 아니면 누군가를 탓해야 할지. 누구의 탓도 아닌 것을 알지만 괜한 심술을 부려보고 싶다.

실은 천성이 사람을 좋아하는 타입인지라 조절이 어렵다. 누군가와 공통점을 발견하면 반갑고 이야기를 나누어보고 싶으며 날을 잡아 더 깊이 들어가서 그 사람의 가치관을 하루 종일 듣고 싶다. 그 안에서 '내가 생각했던 것을 너도 생각했구나' 고

작 그런 것들을 찾으면서 속으로 은근히 기뻐하고 그 몇 마디에 너라는 사람을 다 알았다는 오만한 생각과 판단 따위는 넣어두고 악의 없는 사랑이 시작되었으면 싶다.

그렇게 시간이 지나 어떤 핀트가 어긋나 오해가 조금씩 쌓이면 부딪혀보기도 하고, 오해를 풀기 위해 이런저런 이야기들로 적극적으로 나를 설득하려 들면 온전히 이해할 수 없으면서도 '그래, 네 말을 이해해'라고 말해보고 싶다. 그렇게 안심시켜보기도 하고, 어떤 배신감이 들더라도 한 번 정도는 모른 척 눈감아주기도 하고, 시간이 지나 그것이 나에 대한 배신이 아니었음을 깨닫고도 싶다. 시시콜콜한 이야기도 지루하지 않음을 알고 싶고, 어느 날은 말할 기력이 없어 피곤해 보이는 상대방에게 연민을 느껴보고도 싶다. 행복한 시간은 잠시, 살아가는 것이 중하다는 이유로 여유와 웃음기가 사라지더라도 각자의 방식으로 서로에게 할 수 있는 최선을 다하고 있음을 알고 싶고, 같이 있음에도 외롭다는 느낌이 들어 조금은 슬퍼하다가, 우리가 어떻게 만났는지를 생각하면 그 귀한 순간이 다시 오지 않을 것임을 알고 또 다시 감사함을 느껴보고 싶다.

또한 서로의 믿음이 쌓여 누군가가 우리의 관계에 대해서 악의 없이 무례한 질문을 하더라도 그저 웃음으로 대답해주고 싶고 설명할 수는 없지만 포기하지 않아줘서 고맙다는 생각을 길을 걷다, 하늘을 보다, 문고리를 잡을 때, 영화를 보다가, 음악을 듣는 중에 문득문득 해보고 싶다. 그 말을 내뱉지는 않더라도 알 것임을 알고 그렇게 몇 번의 계절을 같이 지내보고 싶다. 그렇게 된다면 이제 뭔가 생기는 것이겠지. '뭔가'라는 것은 자세하게 설명할 수 없으나 그 뭔가는 서로만이 알 일이었으면 좋겠다.

그렇게 누군가 운명이 있느냐 물어보면 '있는 것 같아'라는 말보다 더 힘주어 '응, 있어'라고 말할 수 있었으면 싶다. 아픈 순간이 많이 있을지라도 이런 바람은 다른 의미로 용기 있는 서로가 가질 수 있는 관계라는 생각을 해본다. 항시 행복만이 있는 것은 아닐 테다. 그렇지만 이 관계는 불행함도 같이 견딜 수 있다는 믿음이 있기에 지속될 수 있다고 생각한다. 그것을 바란다. 행복하기만 한 관계는 사실 큰 재미는 없기 때문에.

엄마와 한 카톡
그리고 일기

2018.12.14. 금요일

엄마: 경아

나: 왜용

엄마: 참 신통방통하다 엄마가 핵교 다닐때 미술시간만 오면
공포 였는데 하도 그림을 못그려

나: 마음의 준비 됐어 나 엄마 딸 아니지 이제 말해봐

엄마: 열심히 겸손히 하면 우리 경이는 훌륭한 인물이 될거여
나의 자랑 우리딸 항상 겸손을 가추고 전진하길 바란 사랑
해요

나: ㅋㅋㅋㅋ 농담좀 받아줘

엄마: 맞다 우리 딸 아이다 다리 밑에서 주워 왔다

나: 엎드려 절받기

2019.1.25. 금요일

엄마: 경아 뭐하노 자나

나: ㄴㄴ 왜

엄마: 내일 우리 강릉이나 놀러갈래

어디 좀가보자

나: 갑자기? 내일은 뭐 있는데

엄마: 응 구정 다가와 사람들도 별로 없을거 아니여

　뭐 있는데 약속 있어

　오늘 어디갈건지 생각좀 해봐

　강릉이나 춘천 같은데 좋을것 같아

나: 내일은 약속 있땅게

　여행 가고 싶어?

엄마: 진짜 몇시 미루면 안돼

　통화 가능해

　(통화를 하고 못간다는 의사표시를 했다.)

2019.1.26. 토요일

나: 강릉 좋나

엄마: 응 기분나쁘나

나: 사진 함 보내바라

엄마: (큰 배사진)

나: ㅋㅋㅋㅋ 완전 크다 춥지

엄마: 안춥다 경관이 너무 멋있어서

　(추가로 바다를 배경으로 삼은 엄마의 사진)

나: 잼게 놀다와 누구야 누가 찍어준거야? 새애인 생겼나

엄마: 두번째 애인이다

나: 인기 여전하네 아빠텐 비밀이다.

엄마: (바다사진)

　(외가 친척 언니와 함께 찍은 사진)

나: ㅋㅋㅋ 인숙언니랑 갔구나

　행복해 보여

2019.4.28. 일요일

엄마: 경휫야 아빠 죽 주라 니 먹음 안된다

2019.4.30. 화요일

엄마: 경아 호박 팥은 먹지 마라

2019.7.24. 수요일

엄마: 경희야 항상 성실히 진실하게 너 하는 일에 최선을 다
　하라 묵묵히 하다 보면 고지가 보인다 사랑은 성실하고 진
　실 함이 재산이여

나: 응

2019.9.17. 화요일

엄마: 청년들 에게.추천하고 싶은 베스트셀러 에세이 2017년.
　9월 12일 경희께 나옴. 저번에 엄마가 어디서 베스트 에세
　이 봤다고 핸거. 있네

나: ?

　어딩

엄마: 치면됨

　제일 위에거 청년

나: 아 2017년 기사네

엄마: 저번에 한번 엄마가 스쳐 지나가다 봤는데 오늘에야 찾

왔네

항상. 사진을 찍어서 놔. 입력도 하고.다.쓰먹어. 시간이 지

나면.기사가 없어져.

나: ㅇㅇ

엄마: 경희도. 알고 있었나

나: ㅇㅇ 알고 있었음

엄마: 아

우리딸 힘내.

너가 결혼해서 자식을 키워보면. 그 상받았다면 엄마의. 마

음을 알거다(공모전에서 상을 따끈하게 탔던 터라 기분이 좋아

져 있던 엄마였다.)

나: 몰라.

2019.4.29.

침대보를 세탁하려고 걷어내는데 침대 틈 사이에서 툭 튀어

나온 고운 주머니. 열어보니 부적이었다. 이것은 누구의 것인가

생각을 잠깐 하다가 대충 감이 잡혔다.

엄마는 이번 연도가 내 삼재라고 자주 조심하라 언급했고 나

는 그 말이 너무 듣기 싫었다. 그래서 그만 말하라 짜증을 낸 적

이 한 번 있었네. 이후 그 이야기는 하지 않았으나 어미 심정으로 혹여나 하는 불안함과 노파심에 보살에게 받은 부적을 딸이 자는 침대 머리맡에 숨겨두었던 것이다.

세상은 알 수 없는 것투성이라 제 아무리 그런 말은 안 믿는다 떵떵거려도 어미가 보기에 여전히 물가에 내놓은 아이 같은 심정일 테다. 그러니 이 부적이 하룻강아지 같은 딸을 지켜주겠지.

나는 청소를 하다 말고 이 조그마한 주머니를 움켜쥐고 멍하니 바라보다 조금 울었네. 내가 할 줄 아는 것은 그저 어리광과 불평이었다. 그동안 어미 마음이 나를 지켜준 줄도 모르고.

너 무
잠 이 와

요즘은 무슨 생각으로 사는 건지 모르겠어. 꾸준히 무언가를
하고 있기는 한데 이게 맞는 건가 싶기도 해. 언젠가는 나를 붙
잡고 너 뭐하냐 진지하게 물었지만 쉽게 대답은 나오지 않았어.
항상 어려워, 정말. 하지 않으면 나를 잃어버릴까봐 붙잡고 하
고 있기는 해. 이게 맞다는 생각은 이미 희미해져버린 지 오래
야. 뭐가 맞는 것인지 모르겠어. 이만치 달려왔으니 어찌 됐든
해봐야겠지.

끊임없이 의심하는 게 피로하다. 하지만 어떤 일련의 과정이
라고 생각해. 그렇지 않고서야 배기겠어. 인생은 어느 정도 나

를 속이면서 살아가야 하는 것 같다. 그래야 살 수 있을 것만 같아. 괜찮지 않더라도 괜찮다고 말하면 다 괜찮아져버리는 것처럼. 오늘 같은 밤은 정말 견딜 수가 없다. 억울하기도 하고 본질 자체를 무너트리고 싶기도 하다.

　남들 다 그렇게 산다는 말이 참 무책임하고 지겨울 때가 있다. 그럼에도 남들처럼 살아야 하는 지금이 참을 수 없다는 거야. 어른들은 항상 말했지. 겸손하여라. 겸손하지 않으면 어떻게 되는 걸까? 왜 매번 겸손함이 능사일까? 그렇게 자라왔기에 좀처럼 오만하기 쉽지 않아. 해본 사람만이 안다고들 하잖아. 그런데 내가 봤을 때 오만하면 안 될 사람들이 뻔뻔하게도 오만하면 참을 수가 없어. 그럴 자격이 없는 사람들 말이야.
　세상에는 뻔뻔한 사람들이 너무나 많은 듯해. 이 속에서 항상 나는 겸손해야 하지. 그래야 '보기에 좋더라'라는 문장이 성립하니까. 조금 실수하면 안 되는 거야? 똑 부러지고 완벽에 가까워야 인정을 받는 거야? 그래놓고 겸손하라니 이게 무슨 어불성설이야. 내가 쌓은 미덕은 다른 누군가에게 감사해야 맞는 거야? 온전히 내 덕은 없는 거야? 참 아이러니하다. 아니라는 직감이 들 때 뒤돌아서면 안 되는 거야? 끝까지 지켜야 하는 거야? 배신하면 안 되는 거야? 누군가는 밥 먹듯이 하는 것을 나는 두세 번 곱씹어야 하는 거야? 나를 지키기 위해 억세져야 하는 게 이상하게 슬프기도 하다. "나는 나를 파괴할 권리가 있다"는 프랑수아즈 사강의 말은 어디로 간 거야. 우리는 왜 이리 제약이 많은 거야.

조금은 거만할 필요도 있어 보여. 말의 의미 따위 해석하지 않고, 칭찬을 들으면 받아들이고 오해를 받으면 어떤 때는 해명하지 않고 그저 그대로 내버려두고, 너무 많은 의미를 내포하지 않고 끌리고 좋아서 몇 년을 할애해보기도 하는 거야. 시선에 불안해하지 않고 누구도 걱정의 말 하나 하지 않고 되려 용기를 불어넣어주었으면 좋겠어. 적어도 나는 그럴래.

우리는 너무 착한 것 같다는 생각이 들어. 설명 못하는 것도 있잖아, 나도 모르겠는 거. 그들에 이름을 달아보자. 가령 '모르겠음 법칙'이라든지 너무 길면 '몰겠법' 이런 줄임말을 사용하여 너무 많은 이해를 시키려 노력하지 말자. 우리는 그동안 너무나도 많은 이해를 했고 이로 인해 너무나도 많은 피로가 쌓인 게 분명해. 그러니 오랜 잠을 자자. 세상에서 제일 편안한 마음으로 잠을 청해보자. 자기 전에 걱정거리, 의심거리 하나 없이 잠들어보자.

나 라 는
서 사

 몇 번의 전시를 하고 내 그림과 글을 봐주는 사람들을 마주치
면서 제일 많이 듣는 말은 작가님 덕분에 힘든 시간을 견뎠고
위로가 됐다는, 그런 말들이다. 수많은 밤들을 내 글과 그림으
로 버텼다는 말도 참 기억에 남는다.
 고맙고 고맙다. 그런데 이 말을 자주 듣다 보니 어떤 부담감
이 마음 한곳에 자리 잡게 되었다. 나는 누군가를 위로할 수 있
는 사람일까. 어찌 보면 그런 일이 나의 숙명이 되긴 하였으나
어느 날은 힘들었을 누군가를 생각하면서 의식적으로 안 되는
문장들을 써가며 그림에 억지스러운 위로를 담다 보면 한심하

다는 생각이 들기도 했다.

　예전엔 좋았던 그림, 글은 어디로 가고 왜 자꾸 의식을 하게
되는 것일까. 어떤 저녁에는 몇 년 전 열심히 그렸던 그때 그 시
절의 작업들을 다시 복기해보았다. 되려 거침없던 선들이 보인
다. 몇 개만 보고 자려고 했으나 결국 끝까지 보고야 말았다. 이
때의 나는 이랬구나. 무슨 연애를 했었는지 또 무슨 힘든 일들
이 있었는지 기억이 나기도 했다.

　이렇게 시간이 지났고 나도 이것저것 섭취를 하면서 가치관이
나 스타일이나 모든 것이 조금씩 변해왔다. 나름대로 이것저것
시도해보고 그러면서 또 찾아가고 있다. 그로 인해 나를 좋아해
주는 오랜 사람들이 나를 떠나지 않을까 바보 같은 생각도 잠시
했던 것이 사실이다.

　그러나 원래의 나는 좋아하고 끌리는 작업을 해왔을 뿐. 거기
에 여러분들이 기대주었던 것일 뿐. 그러니 용기 내어 이것저것
들을 시도해볼 테다. 어려운 글을 읽고 많은 전시를 보고 느끼고
여러 음악과 영화들을 섭취하고 내 방식대로 짧고 쉬운 글과 그
림으로 표현하고 싶다.

　개인적인 그림과 글, 나 좋자고 하는 것. 그렇게 실망과 좌절

을 반복하면서 나는 천재가 아니었음을 인정하며 그럼에도 불구하고 노력하면, '그래, 조금씩이라도 노력하면 발끝이라도 가겠지' 하며 매일매일 작업을 하면 되겠지.

어쩌면 여러분들이 나라는 서사를 좋아해주는 것일 수도 있으리라. 어느 날은 서로의 존재가 크게 위로되는 날도 있었음을 알기 때문이다. 힘들 때는 죽은 시인의 시를 소리 내어 읽어보거나 좋아하는 영화감독의 인터뷰를 찾아봤던 기억이 있다. 그런 마음일지도 모른다.

하루하루는 미세한 움직임만이 고작이어서 가까이에선 재미없게 돌아가고 있다지만 여러 변곡점을 만나고 은근하게 변해간다. 그 속에서 발견하고 느끼면서 나라는 서사에도 살이 포동포동 붙겠지. 그렇게 사람들이 나를 봐주기도 하고 자신의 삶에 치여 잊기도 하다가 힘들 때는 또 문득 생각나서 찾아보기도 하겠지. 그렇게 머물다가 가셔요. 그렇게 같이 살아가요.

잘 생 긴   게
최 고 야

생각해봤는데 잘생긴 건 정말 중요한 것 같다. SNS에서 우연히 뉴욕에 있는 한 청년의 얼굴을 보고 나도 모르게 그의 계정에 들어가서 좋아요를 마구 누르고 있는 나를 발견한다. 여기서 '아, 좋다', '너무 좋다', '이게 나라지' 뭐 이런 생각들이 머릿속을 스치니, 내가 지금 브루클린에 있어야지 뭐 하고 있나 싶다.

그러기 위해서는 돈을 벌어야 하고 돈을 벌기 위해서는 글을 써야 한다는 생각으로 귀결된다. 이 힘으로 다시 작업을 해보자. 지금 이 순간만큼은 내가 마르그리트 뒤라스*요, 시도니 가브리엘 콜레트**다. 내가 그렇다는데 누가 반기를 들겠는가.

몇 년 전, 한창 제인 오스틴의 《오만과 편견》을 읽던 때였다. 그 책이 너무 재미있어서 (그러면 안 됐지만) 이동하는 중에도 책을 놓지 않고 읽었다. 매번 가는 길이라 익숙했기에 가능한 일이었다. 게다가 이어폰을 꼽고 아름다운 음악을 듣고 있었으니 나는 이미 18세기 영국 중산층 여성이었다.

그렇게 한참을 심취해 읽으며 걷다 한 모퉁이를 돌아야 하는 지점이었다. 망설임 없이 걸음을 틀어 그 구간을 들어서서 몇 걸음을 걷다 누군가와 부딪혔다. 묵직하지만 부드러운 사람의 촉감은 나를 튕겨내 뒷걸음치게 만들었다. 물론 주의하지 않은 나의 잘못이 크니 죄송하다고 말하려고 고개를 들었는데 갑자기 눈이 부셨다.

'뭐지, 하나님인가.'

눈이 따가워 잠시 눈을 감았다 뜨니 누군가의 얼굴이 보이고 그는 싱긋 웃고 있었다. 그 미소가 나의 눈을 부시게 한 모양이었다. 형체의 윤곽이 드러나는 순간, 나는 말 그대로 경악을 금치 못했다. 그는 다름 아닌 배우 이정재였다. 그는 웃으며 나를 내려다보고 있었다. 잠깐만, 이 글을 쓰고 있는데 지금 왜 턱이

---

*프랑스의 소설가이자 영화감독. 주요작품으로는 《연인》, 《히로시마 내 사랑》이 있다.
**프랑스의 소설가. 주요작품으로는 《암고양이》, 《언쟁》 등이 있다.

아픈가 생각해보니 지금 내가 실실 웃고 있다. 그 생각을 하니 나도 모르게 또 웃음이 지어지네. 글을 쓰며 이렇게 미소 지었던 적이 있었던가.

다시 그때로 돌아와서, 나는 그 순간 아무 말도 못하고 한마디를 뱉었다.

"헛……!"

그 "헛"과 함께 뒷걸음질해 지금이 무슨 상황인지 파악하려했다. 알고 보니 이정재 배우는 이곳에서 아침 일찍부터 야외 잡지 촬영을 하고 있었고, 그런 일이 있는 줄 모르는 나는 익숙한 코너를 돌다가 잡지 촬영 현장을 침범하고 말았던 것이다.

사태를 파악하고 놀라서 한번 더 "헉" 하고 감탄사를 뱉으니 촬영팀은 "다시 갈게요!" 하면서 촬영을 잠시 중단시키고 현장을 정리했다. 그는 여전히 나를 보고 웃고 있었고 나는 아무 말도 할 수가 없어서 "으…… 어어어……" 하면서 그 자리에서 후다닥 도망갔다. 이게 내 인생에서 가장 후회하는 일 중 하나다. 아무 말도 못하고 피하다니. 그때로 다시 돌아가면 이정재 씨에게 악수라도 하면서 혹시 이 책을 읽어보았느냐고, 사랑을 믿느냐고, 나는 지금 이 순간이 사랑인 것 같다고 말했을 테다.

그에게선 잘생긴 빛이 났다. 뭐랄까 '시간이 지났지만 여전히

258

멋진 그'라는 잡지 타이틀이 딱 어울리는 남자였다. 그날 하루 동안 만난 모든 사람들에게 신나게 나의 이야기를 무용담처럼 말했고 그들은 나를 부러워했다. 그럴 만도. 그 하루가 굉장히 풍요로웠고 다채로워졌다. 감사한 부분이 아닐 수 없었다.

오늘 하루, 나에게 갑작스럽게 힘을 준 뉴욕에 거주하는 루이스에게도 감사를 돌리면서 다시 한번 생각한다. 잘생김은 중요하다. 세상을 조금 더 아름답게 볼 수 있게 해준다. 내 경험에 의거하면 아무튼 그렇다.

균 형

조갈이 심하게 왔다. 카페에서 시킨 음료를 앞뒤 생각하지 않고 단숨에 마셔버린다. 한입 마신 것 같은데 이미 절반이 없어져 있다. 음료를 마시려고 낸 돈이 단숨에 없어진 느낌이다. 정신을 차려 남은 음료는 아껴 아껴 마셔야지 속으로 다짐한다.

요즘에는 배가 고프다거나 목이 마르다는 생각을 하면 바로바로 섭취를 한다. 글을 쓸 때나 전시를 앞두었을 때 등등 무언가를 준비하기에 앞서 긴장이 되면 몸의 신호에 조금은 빠르게 반응해주는 편이다. 안 그래도 스트레스를 받는데 거기에 더할 순 없는 노릇이라며 변명을 해본다.

그렇기에 살을 빼는 것은 결심과 포기가 무한 반복된다. 여유가 있는 주간에는 누구보다 열심히 운동을 하면서 뿌듯한 마음으로 하루를 지내왔다. 그러나 작업이 쌓여 있을 때는 운동도 하나의 일이 되어 언제 그랬냐는 듯 헬스장에 발길을 뚝 끊는 사람이다.

1순위가 생기면 2순위에 크나큰 갭이 생긴다. 적절한 균형이 중요할 텐데 나는 중간이 없다. 균형을 맞추는 일은 언제나 어려운 일이다. 하지만 몸이 더부룩한 날, 그러니까 과식을 한 날에는 버스를 타지 않고 집까지 걸어간다든지, 그러다가도 다리가 아프면 잠시 앉아서 다음 쓸 글을 고민해보고 다짐해보기도 하고 다시 걷는다.

밤을 새고 아침을 누구보다 빨리 맞이한 날은 내 나름대로의 패턴이라고 생각을 하면서 암막 커튼을 치고 해가 중천이 될 때까지 잠을 잔다. 그리고 다시 나와 작업. 하루의 루틴을 딱딱 맞춰 살아가는 것은 아니지만 멀리서 보면 나름대로의 균형을 지키며 살고 있다.

그래서 가끔 '밤샘작업을 하는 나'에 대한 자부심을 가진 사람들을 보면 조금 웃음이 나온다. 단순하게 생각하면 패턴이 다를 뿐이다. 아침에 작업이 잘되는 사람도 있겠지만 우리 같은

사람들은 어둠이 깔렸을 때 작업이 잘되는 경우가 많기에 그냥 저녁부터 새벽까지 작업하고 아침에 쿨쿨 잠을 잘 뿐이다. 넘겨 짚은 것이라면 심심찮은 사과의 말씀을 드리겠다.

이 시기에는 외국에 있는 친구들에게 안부를 물어보기 딱 좋은 시간이다. 요즘 들어 내 주변에 있는 친구들은 어찌된 일인지 하나둘 지구 반대편으로 떠나기 시작했다. 1년만 있다 오는 친구도 있고 기약이 없는 친구들도 있었다. 일거수일투족 연락하는 것은 아니었으나 그들의 시간에 맞추어 가끔 연락을 주고받으니 반가워해주는 친구들이 보고 싶다. 그들이 있을 때 나도 그 나라로 날아가서 얼굴을 봐야지 다짐도 해본다. 낯선 나라에서 익숙한 얼굴을 보는 것이 얼마나 기쁠지 상상한다.

아무리 SNS가 발달하여 서로의 근황을 물어보지 않고서도 안다지만 너무 오랫동안 연락하지 않으면 괜히 내가 섭섭한 마음이 든다. '잘 지내겠지'라는 사람이 있는 반면 '잘 지내고 있을까?' 하는 사람들. 그들에게 가끔씩 먼저 연락하며 이렇게 우리들의 우정도 균형을 맞춘다. 완벽하게 맞추기보다는 그저 내 하루 삶에 충실해 보이면 그것이 균형이 아닐까.

갑자기 '균형'의 정의가 궁금하여 사전을 찾아보니 "어느 한

쪽으로 기울거나 치우치지 아니하고 고른 상태"라고 나와 있다.
남이 봤을 때 엉망진창처럼 보일지라도 내 나름대로의 패턴을
유지하고 그것이 맞다고 생각하면 될 일이다.

야 금 야 금
하 루

하루가 어떻게 지나가는지 모르겠다. 작업을 하다 보면 하루가 끝나 있다. 그렇다고 해서 오랫동안 붙잡고 있는 것이 대단한 일인가 하면 그건 또 아닌 것 같다. 뿌듯함보다는 허탈감을 느끼는 하루. 언젠가 시간이 지나면 나에게도 큰 행복이 올 거라는 기대감은 이미 접어두었다. 잠이나 잘 들어버리면 그만인 것. 수많은 별 볼일 없는 일 중 몇 번의 반짝이는 순간, 그리고 다시금 그런 하루의 연속. 인생이 그러하다.

어느 정도 인정을 하면 편하다. 회사에 취직한 사람, 공부를 하는 사람, 영화를 만드는 사람, 카페에서 혼자 글을 쓰는 어떤

사람도 마찬가지다. 앉거나 서서 주어진 일에 하루를 할애하는 것. 이 속에서 자신의 하찮음을 끊임없이 증명하는 것이다.

어떤 날은 멍청한 것 같기도 하고 어떤 날은 의구심이 들기도 하고 또 다른 날은 억울하기도 하다. 무엇을 위해 이렇게 사는 것일까. 하지만 지금의 나에게 '무엇을 위해 사는가' 질문하는 것은 괜한 혼란만 불러일으키는, 그리 좋은 질문은 아니다.

사실 우리는 이 모든 일이 눈에 띄진 않지만 삶을 조금씩 변하게 만드는 과정이라는 것을 알고 있다. 짧은 순간에도 최선을 다해 기뻐하거나 슬퍼하고, 간단한 일을 두고 고군분투하는 모습을 스스로는 멍청하다고 생각할지라도 결코 부끄러운 멍청함은 아닌 것이다. 이 안에서 아등바등하는 모습이 현재의 나에게는 하등하고도 귀한 전부인 셈이다.

때로는 괜찮지 않은 것이 괜찮기도 하다. 오늘은 잘 풀리다가 내일은 안 풀릴 수도 있다. 그런 날도 있다. 숱하게 겪어왔고 겪을 예정임을 알고 있다. 이제는 익숙해질 법도 한 일들이 늘어 간다. 암울하다고 생각할 수도 있겠지만 이 속에서도 작은 기쁨과 소소한 행복이 함께한다. 가령 좋아하는 사람과의 맛있는 점심이라든지 오늘 내내 붙잡고 있던 문제를 드디어 푼 순간이나 집에 왔을 때 가족들의 따듯한 환대 같은 것.

그렇게 하루가 지나고 한 달이 지나고 한 해를 보내면 잘 살아왔다는 느낌이 든다. 정말이지 나도 대단했다 싶기도 한 순간들이 많았던 것을 알게 된다. 그리고 대단함은 수많은 하찮음이 전제가 되어주었다는 것 또한 깨닫게 된다.

다시 처음으로 돌아와 어느 하루는 뿌듯함보다는 허탈감을 느꼈을지라도 마음속으로 되뇌어본다. 적어도 오늘 하루는 잘 걸어왔다고.

그 동 안 의
개 인 전   인 트 로

———

2018.05

이제 보여드려야 할 시간

대부분 저를 알게 된 사람들의 경로를 말해보려 합니다. 인스타그램, 인터넷에 떠돌아다니는 그림, 지인의 태그, 마지막으로 작년에 출간된 책《별일 아닌 것들로 별일이 됐던 어느 밤》으로 인하여 알게 되었겠지요. 그동안 많이도 그려 인터넷에 올렸습니다. 쉽게 접할 수 있는 온라인 콘텐츠 속에서요.

동시에 오프라인 속의 작업실에는 그림들이 쌓여가고 이것저것 써보는 재료들도 다양해졌습니다. 이제는 실재하는 글과 그림을 보여드려야 할 것 같아 이렇게 걸어놓고 붙여놓았습니다. 오셨으니 편안하고 재미있게 보다 가세요. 그동안 조금 더 가까이 볼 필요가 있던 곳을 자세하고 천천히요. 그럼 무언가가 바뀌어 있을 거예요.

———

2018.11

사유의 공간

어떤 식의 마무리가 좋을까 생각할 겨를 없이 또 한 해가 저물어가고 있습니다. 지나고 보니 나는 정말 수많은 사람과 대화를 그리고 써왔구나 생각이 듭니다. 이건 어떤 목적이 없는 이야기와 각자의 사연이 있는 삶, 그것들에 특히 호기심을 가졌던 한 사람이 만들어낸 결과물이기 때문입니다.

내가 잘 모르는 고통을 가지고 있는 사람들을 보고 심각하게 괴로워하기도 하고, 내가 경험하지 못한 기쁨을 같이 기뻐해보기도 하며, 내 곁에 누군가를 두겠다는 결심 따위를 하다가 떠나보내기도 하고, 잠시 혼자만의 생각에 빠졌다가 머리를 탁탁 쳐보는 일이 몇 번 있었습니다.

문득 나만 그런 게 아닐 거라 생각하며 조금 힘이 나기도 합니다. 올해가 가기 전에 그림들을 보여드릴 일이 생겨 좋습니다. 오셔서 편하게 사유하다 가세요.

2019.06

지속 가능한 이야기

어디에 희망을 걸어야 하나 많은 생각만 오고 가는 나날들이었어요.

순간순간 들었던 살고 싶다는 생각,

그렇지만 이내 보이지 않는 이유들.

몇 가지 떠오르긴 하나 결국엔 상처로 남은 결론들.

물어보는 것에 부끄러움이 없던 시간들이 그리워졌습니다.

어떤 하루는 가벼운 농담들이 주를 이루었어요.

마음 한 편에는 이게 내 본모습은 아닐 거라 생각하면서요.

밤이 되고 자리에 누워 아직 채우지 못한 갈증에 대해 떠올렸어요.

물을 마시면 나아질까 마셔보았지요.

물이 채워진 몸에서는 비린내가 나요.

그 냄새를 지우기 위해 책을 읽어 내려갔어요.

끊임없이, 끊임없이, 그러다 멈칫.

"배반에 대항하는 용기를 갖고 충실성의 과정을 계속하시오."*

이 문장을 몇 번이고 읽었어요. 어설프게 살아왔다고 생각했는데 어쩌면 이렇게라도 사는 것이 충실성의 과정을 계속하고 있던 것은 아닐까. 그렇다면 용기를 가져 지속적으로 이야기를 만들어나가면 되는 것이 아닐까.

배반은 언제나 있고 희망은 나에게 걸고 아주 가끔 행복의 기억으로 그렇게 살아가면 되는 것이 아닐까.

*박영진, 《라캉, 사랑, 바디우》, 에디투스, 2019.

마 지 막

'마지막'이라는 단어는 어딘가 나를 조금 슬프게 하는 경향이 있어.

진실을 정확히 직시하고 매섭게 달려가는 것 같은 느낌이야.

가끔은 진실을 아는 게 무서울 때가 있어.

내가 알고 있는 감정이 거짓일 수도 있다는 불안감 때문이야.

하지만 시간이 다가오고 있다는 걸 알잖아요.

그 진실을 받아들일 때예요.

사실은 누군가에게 이 진실을 받아들이면

다시 좋은 출발을 할 수 있다는 것을 배웠어.

그러기 위해서는 좋은 음악이 필요해.

당신이 할 수 있는 일이 없다는 것을 아는 데는

어떤 위안이 있다고, 나는 그렇게 생각해.

운명의 위안. 기회조차 갖지 못한 평화. 조용함. 다행스러움. 안도감.

그냥 즐기세요. 시간이 별로 없어요.

한 시절

모두 다 잘 지내고 계시지요? 몇 년 전까지만 해도 만나서 한 계절을 같이 보냈던 무리들은 어느새 이렇게 뿔뿔이 흩어져 알 길이 없고, 같이 마음껏 허송세월하던 그때 사람들은 이제 자신의 앞가림을 위해 어디 한 구석자리에 앉아서 각자의 시간을 보내고 있는 듯해요.

부푼 꿈들을 하나씩 이야기하면서 서로의 꿈을 격려해주었던 빛나는 눈빛이 기억나요. 자신이 불행했던 시절의 이야기를 하나씩 꺼내어 아픔을 나누었다는 무언의 돈독해짐을 우정이라 생각하며 함께 눈물을 찔끔 흘려보내기도 했지요.

언제든 같은 속도로 함께였던 우리들을 기억해요. 시간은 점차 흐르면서 각자의 속도와 방향들이 눈에 보이기 시작했어요. 그것에 대해 미안해하기도 하고 때로는 오해하기도 하면서 조금은 미워하기도 했어요. 그렇게 이해의 범위를 넓혀가기도 했고 괜찮은 것들이 많아지면서 섭섭한 것에 관대해졌어요. 그러면서 말하지 않아도 다 이해해줄 것이라 생각하고서는 점점 우리들의 대화는 예전보다는 줄어들기 시작했어요. 그런데 이것에 대해 반기를 들었던 사람은 없었어요. 그저 이런 것이 수순이었던 사람들처럼 어쩔 수 없는 모양으로 만들어버리곤 그저 가만히 내버려두었어요.

조용한 이 시간, 사진첩을 뒤지다 그때 찍었던 사진들을 다시 보면서 쓰는 글이에요. 다시 봐도 웃긴 사람들. 예전의 텐션들을 곧장 꺼내 보일 수는 없겠지만 다시 만나도 어쩐지 신나게 지내 보일 듯해요. 하지만 그렇게 하기에는 쉽지 않음을 알고 한번 생각이나 해보는 것이랍니다.

덕분에 즐겁고 든든하고 감동적이었어요. 그 시절을 왜 그렇게 낭비했는지 후회하지 않느냐 물어본다면 전혀요. 되려 아름다웠다고 말할 수 있을 것 같아요. 돈이 없고 낭만만 있던 우리들은 구질구질한데 향기가 났어요. 냄새가 아니라 향기요. 돌아갈 수는 없지만 추억할 수는 있기에 미안하다는 말보다 더 어울리는, 고맙다는 말로 끝내고 싶습니다. 고마워요.

케 이 크

어제 너무나도 먹고 싶던 케이크가 다음날이 되어도 자꾸 생각이 나서 모자를 푹 눌러 쓰고 노트북과 함께 꾸역꾸역 나왔다. 몸을 움직이기 귀찮더라도 먹고 싶은 게 자꾸 생각나면 식욕이 이기는 편이다. 이런 것을 부지런하다고 해야 하나 미련하다고 해야 하나 잘 모르겠다.

칼로리가 어마어마하지만 슬쩍 모른 척해주고 어제 먹고 싶었던 기억만을 상기시키자. 거의 밥 한 끼 값이 나오지만서도 '이런 사치가 없었더라면 나는 못살어'라는 심정으로 카드를 건네드리자. 그렇게 어여쁜 케이크와 그에 어울리는 아메리카노가 나오면 좋아하는 자리에 앉아 예쁘게 세팅을 하고선 본격적으로 글쓰기에 들어가기 전 케이크 한입을 먹어본다. 우아앙.

입안에서 혀가 아릴 만큼 달달한 어떤 것이 느껴지며 촉촉한 시트와 사이사이 느껴지는 보드라운 크림이 입안을 감쌀 때, 커트 보니것의 에세이 제목을 말하고 싶다.

"그래, 이 맛에 사는 거지!"

글을 쓰기 전 이런 느낌은 나를 조금 더 용기 있게 만들어준다. 좋은 글이 나올 것 같다는, 힘이 불끈 나는 그런 용기. 케이크 하나로 이런 든든함을 끌어올릴 수 있다는 것에 새삼 감사하다.

그러나 이제 무엇을 쓸까 생각을 해보면 막상 딱 떠오르는 것이 없다. 백지 문서가 나를 기다리고 있다. 인생이라는 무대를 나라는 사람이 마음껏 구워삶으면 된다지만 내 무대는 어쩐지 너무 작은 소극장 같고 관객도 없고 어딘가 재미없기도 한 것이, 이내 감사함은 서서히 사라진다. 그렇지만 아예 사라지기 전에 무엇이라도 써야 한다. 일단 엉덩이를 붙이고 앉아 쓰기 시작하면 무엇이라도 완성된다.

약간의 긴장감과 압박감, 이것을 어떻게 써야 할지에 대한 막연함, 그럼에도 쓰려는 의지, 조그마한 설렘, 완성됐을 때의 뿌듯함. 그것을 알고 내 옆에는 조그마한 케이크 한 조각이 든든하게 있어주시니 시작할 수 있다.

카페에서 한창 공부를 하고 있던 오후였다. 옆에는 대학생처럼 보이는 커플이 꽁냥거리며 떠들고 있기에 나도 모르게 눈이 갔다. 과제를 해야 하는 것 같아 보였던 이유는 테이블 위에 여러 가지 프린트물이 어지럽혀져 있었고 서로의 노트북 커서가 깜빡거리며 다음 텍스트를 기다리고 있었기 때문이다. 하지만 이미 그것은 그들에게는 뒷전이었다.

남자는 여자의 모든 것이 사랑스럽고 좋아죽겠다. 노트북을 한번 보고 몇 글자 타이핑하다가 여자를 한번 쳐다보기를 몇 번이고 반복한다. 혹시 과제가 아니라 사랑한다는 편지를 타이핑

하는 것은 아닐지 의심이 들 정도다. 이 벅참을 어찌 할지 몰라서 자꾸 여자의 머리를 쓰다듬는다. 그러다 한번 안아보기도 한다.

여자는 과제에 집중하자는 말을 해본다. 그러나 그 말끝은 흐리고도 약하다. 마음을 가다듬지만 입가에 미소만큼은 가다듬지 못한다. 부끄러우면서도 이 느낌이 너무 싫지는 않다. 남자는 지금 이 순간 '적당히'를 모른다. 여자의 존재는 자신에게 신비함이자 축복이자 앞으로 평생 같이해야 할 책임인 것이다.

평소 같았으면 눈살을 찌푸리며 '왜 저래, 진짜. 짜증나, 진짜' 하며 진짜를 두 번이나 써대며 속으로 성선설보다 성악설에 더 기운 사람처럼 검은 기운을 내뿜었을 테다. 그러나 남자의 모습이 마냥 천진했고 계산 없는 그 눈빛이 참말로 오랜만이라 귀엽기도 하고 부럽기도 하다. '좋을 때다'라는 말을 별로 좋아하진 않지만 지금은 그게 무슨 뜻인지 알겠다.

흔치 않은 눈빛을 발견해서 그런지 덩달아 기분이 좋다. 그리고 마음속으로 조금 더 바랐다. 참으로 많이 사랑해주었으면 좋겠다고. 너무 빠르게 변하지 않아주었으면 좋겠다고. 많이 반짝거려주었으면 좋겠다고.

salang

'사랑한다'는 말을 하지 않고 사랑을 말할 수 있다.
사랑한다는 말을 하지 않으면서 그 말을 하기 위해
주변을 서성이고 음미하고 계속 맴돌 수도 있다.
사랑한다는 말을 끝끝내 하지 않고도
몇 날 며칠 사흘 밤낮이고 말할 수 있다.

함부로 사랑을 말할 수 없다는 것을 시인은 알게 되었다.
그 이후부터 천천히 걸음을 옮겼다.
사랑을 말하기 위해.

그 걸음이 외롭고 쓸쓸할지라도
그럴 수밖에 없었다.
그렇지 않고서야 사랑을 말할 수 없었다.

작 업 실 에 서

작업실에 하루 종일 앉아 있었는데도 그림 하나를 겨우겨우 완성한 것에 화가 나 혼자 욕지거리를 하고, 그래도 집중하지 못하고 생각 속에만 머무는 나에게 화가 나 그냥 집에 가기로 한다. 핑계가 필요했다기보다는 너무 괴팍해져서 이 감정으로는 작업을 못한다고 판단해버렸다.

예전에 김연아 피겨선수의 다큐를 본 것이 생각난다. 스핀을 연습하는 장면이었는데 몇 번이고 넘어지고 뜻대로 되지가 않는 모습이었다. 연습이니 그럴 수 있다. 그럴 때마다 빙판을 발로 차기도 하고 잔뜩 짜증이 서린 얼굴로 좌절도 하며 자신의 한계에 너무나도 화가 나 보였다. 그러나 그럼에도 그는 연습시간을 다 채우고 마지막까지 남아 연습장 불을 끄고 나갔다. 이것이 나와 김연아 선수의 차이다. 나는 정말로 인간적이지 않은가.

작업실을 나오니 저녁이 되어 있었고 갑자기 너무 추워져서 어이가 없었다. 아침까지만 해도 더운 느낌에 재킷을 괜히 가지고 나왔나 싶었는데 과거의 나를 반성하고 또 칭찬한다. 하루에만 계절이 몇 번은 바뀌는 듯한 가을이다. 뚜렷했던 사계절의 기억은 이제 희미해지고 여름 아니면 잠깐 봄, 잠깐의 가을 그리고 온통 겨울인 것 같다. 사계절이 뚜렷한 나라라는 표현은 이제 서서히 막을 내리고 있다.

회색지대는 어느 곳에나 존재한다. 오늘의 내가 그렇고 요즘의 날씨가 그렇다. 이를 기꺼이 버티느냐 아니냐가 나에겐 가장 큰 과제다. '내가 모든 것을 판단하고 정의할 필요가 있을까?', '내가 뭐라고 이런 작업을 하고 있을까?' 이러한 생각은 작업을 조금 더 조심스러워지게 한다.

자존감이나 자기신뢰감의 이야기가 아니다. 지금의 작업 방식과 하고 있는 업은 내가 제일 잘하는 일이라는 믿음이 기저에 깔려 있으면서도 언제나 한구석에 자리하고 있는 자기의심은

나를 발전하게 만드는 원동력이 된다.

　해내야 한다. 할 수 있다는 사명감을 매일 가지기보다는 때로는 힘을 빼고 어느 하루는 조연에 머무를 줄도 알아야 한다. 그래야 지치지 않고 조금 더 만족에 가깝게 작업에 다가갈 수 있다. 몇 번이고 고치고 고쳐 단순하고 쉽게 보여드리고 싶다. 그게 내가 해야 할 일이다. 너무 조급해하지 말자.

의 심

네가 나를 만나러 오고 있을 때 나는 너를 기다리는 동안 《슬픔의 위안》이라는 책을 읽고 있었어. 네가 오고 나서는 바로 그 책을 덮고 너에게 집중했지만 말이야. 그게 어떤 복선이 될 줄도 모르고 함부로 그 책을 가지고 다녔지.

네가 없는 지금 나는 무력감과 허탈함, 두 가지의 감정이 공존하고 있어. 이것은 슬픔이라고 말해야 할까. 누군가를 떠나보내는 일은 매번 익숙하지 않아. 두려워. 좋은 감정으로만 웃으면서 지낼 수는 없었을까. 나는 그런 감정쯤은 조절할 수 있다고 생각했는데 아니었고 또 이렇게 슬픔을 어떻게 위안해야 하

는가 고민하며 다시 책을 집어 들어.

이 책은 누군가를 먼저 하늘나라에 떠나보내고 남겨진 사람에 대한 위로가 담겨 있어. '나는 이 정도는 아니니 조금 덜 슬퍼해야 하는 건가', '내 마음은 일종의 자기연민일까' 이런 생각을 하곤 해. 자꾸 내 감정에 의심을 품고 이보다 더한 슬픔이 있기에 나는 조금 겸손하게 슬퍼해야겠다는 생각을 해.

시간이 다 해결해줄 거라는, 괜찮아질 거라는 익숙한 사실. 지금은 그 허약한 사실만이 나를 붙잡아주고 있어. 만약 먼 훗날 누군가를 다시 새로 만날 수 있다면 세세한 모습을 좋아하는 습관을 고치고 싶다는 어리석은 생각도 해본다.

지난날 너를 만나며 느낀 매력적인 모습들. 쉽게 잊지 않으려 기억하고 곱씹었던 나날들. 그러나 다시금 점차 잊어야 하는 상황들.

"일 끝나고 이쪽으로 올래? 나 작업하고 있을게."

이제 더는 할 수 없는 말이 되어버렸네. 몇 번이고 마음이 무너진다.

잘 모르겠다

어떤 게 성공이라는 척도인지는 잘 모르겠지만 친구들은 나에게 성공했다는 말을 자주 쓴다. 타이틀 같은 게 붙고 자신을 소개할 때 부끄러움 없이 '이것'을 하고 있다고 말할 수 있을 때, 부모님이 남들에게 내 자식은 이런 일을 하고 있다고 자랑스럽게 설명할 수 있을 때, 성공에 대한 척도가 맞춰지는 거라는 생각을 잠시 해보았다.

요즘 나는 행복하다. 마음의 단면 모두가 편하지는 않으나 무엇보다 전보다 다이소와 미니소를 자주 들러 자잘한 것들을 내 손으로 살 수 있고, 가끔씩 들어오는 술자리를 돈 때문에 고민하며 피하지 않아도 되고, 마음에 빚이 있는 사람에게 보답을 베풀 수 있는 단면적인 행복 같은 것들 말이다.

　

　불안은 항상 존재해왔지만 전보다 나는 거만해졌고 모른 척하고 있다. 그러면 조금씩 그 존재들은 안개처럼 보이다 말다 문득 선명해지기도 한다.

　

　새벽에 잠이 오지 않아 조깅을 하기 시작했다. 홍제천에는 노인들이 느릿하게 걷고 있었다. 홍제천의 시간은 무언가 그들의 걸음걸이에 맞춰 느리게 가는 것 같다. 대체로 느리고, 빠르더라도 내가 먼저 지나쳐버리는 일들이 몇 번. 나는 그들에 맞춰 걷지는 않았다. 그들보다 조금 더 남아 있는 체력을 뽐내며 걷는 것 같았다. 당신의 시간은 그렇게 느리지만 나의 시간은 바

쁘고 빠듯하다는 느낌으로.

그런 느낌이 좋다기보다 부끄러웠고 왜인지 주눅 들지 않아도 되는데 무엇인가 부끄러워해야 하는 사람처럼 또 겸손해졌다. 그래도 속도는 늦추지 않았다.

자주 그들은 나를 쳐다보았다. '젊은 애가 여길 왜 왔나' 하는 눈빛으로. 하지만 아무렇지 않게 걸었고 또 음악에 맞추어 조금은 뛰었다. 아침부터 땀을 내니 기분이 좋았다.

———

걸으면서 생각했다. 글을 쓸 때는 정말 많은 지식이 필요하다. 얕은 지식으로는 어떤 글도 쓸 수 없다는 것을 잘 알아야 한다. 단어를 찾아가고 단어를 반짝하게 빛내주어야 한다. 이런 생각과 겸하여 나는 이런 것들을 행할 수 있을지, 아직 갈 길이 멀다는 생각을 새삼 또 해본다. 쓰면서 굉장한 자괴감을 받고 또 스트레스를 받을 텐데 이것을 넘어설 수 있을까. 나의 무지함을 똑바로 쳐다보고 부끄러워하고 '나는 안 돼', '나는 멍청이야' 자책하며 또 다른 방향으로 글을 쓰는 나를 보듬을 수 있을까. 또 시작된 의구심에는 권태 그리고 뭐 어쩌겠냐는 조그마한 나태함도 숨어 있다.

여 행

가끔 구독하여 둘러보는 여행 블로그에서 관리자가 오랜만에 새로운 게시물을 올렸다. 샌디에이고의 미션베이공원이라고 적혀 있었고 아마도 드론으로 찍은 것 같아 보였다. 전경이 한눈에 들어왔기 때문이다. 정말 '와, 죽인다……!'라는 생각이 들 정도로 멋진 그 사진들을 한참 동안 들여다보다가 마음속으로 생각했다. '나도 저곳에 한번 가보고 싶다.' 그러나 내가 지금 당장할 수 있는 일은 그저 온 마음을 다해 좋아요를 누르는 일뿐.

작정하고 여행을 떠나는 일이 언제였는지 까마득하다. 여행이 주는 설렘이 무엇이었는지, 떠나기 전 여행을 준비할 때 쌓이는 조그마한 스트레스들, 당일에는 한숨도 못잔 피곤함과 이제 떠난다는 설렘이 섞인 알 수 없는 기분에 사로잡혀본 적이 언제였는지.

이제는 꼭 어디를 가지 않더라도 인터넷을 검색하면 이곳저곳을 사진으로 접할 수 있고 정보 또한 넘쳐나서 직접 다녀온 경험보다 더 지식을 뽐내며 말할 수 있게 되었다. 그렇지만 그것은 이런 것들을 대변해주지는 못한다.

예를 들어 그곳에 풍기던 냄새. 요즘에는 어떤 옷차림이 유행인지 지나가는 사람들의 패션을 보고 판단해보기. 저녁 무렵 아름답게 지는 해를 보고 갑자기 드는 객창감에 울 뻔한 것을 한번 삼켜보기. 어두운 저녁이 되면 근처 펍에 들려 그 나라에서 유행하는 노래를 줄곧 듣다가 여기에 모인 사람들은 어떤 행복을 위해 모였는지 은근하게 염탐하기. 그러다가 말도 해보고 친구도 되어보기.

뜬눈으로 밤을 지샌 다음날에는 아침이 왔음을 알고 냉장고에서 어제 사놓았던 사과와 요거트를 꺼내 먹기. 창문으로 현지인들이 출근하는 모습을 내다보면서 아, 내가 여행을 왔구나 실감하기. 정해진 침대 자리에 다시 한번 누워 조금 뒹굴거리다 셌고 나와 옷을 챙겨 입고, 오늘 할 일을 정하고 나가 구글 맵을

켜고 돌아다니면서 그들의 일상에 들어가보기.

평소에는 엄두도 나지 않을 거리를 걸어 다녀 다리 아파하기. 그럼에도 욕심을 내서 더 걷다가 뜻밖의 장소를 발견하고 감동하기. 하루는 너무 짧으니 이곳에 한번 더 올 것이라 다짐하기. 돌아가서 친구들에게 신나게 말할 거리가 생겼음에 은근한 기쁨을 느끼고 쓸 거리가 생겼음에도 감사하기. 세상은 너무 크고 나는 먼지 같은 존재임을 다시 한번 되새기기. 그러니 더 아등바등 살아보자면서 삶을 긍정해보기.

이런 것들은 그곳에 가야만 느낄 수 있는 기분이다. 내가 억만장자라면 가고 싶다는 생각을 바로 실행에 옮겨 내일 즈음 출국하여 샌디에이고에 도착할 수 있을 텐데. 내 앞에는 주어진 일이 있고 게다가 밀려 있기까지 하니 어쩔 수 없이 오늘은 사진으로 만족을 해야 한다. 그런데 비행기표가 얼마나 할지 알아보는 건 괜찮지 않은가? 대략 한 달 뒤에 떠나는 것으로 가격을 한번 알아봐야겠다. 아니, 알아만 보려고.

사 실 은 내 가 더
잘 못 했 다

　어느 날 그는 나에게 우리 관계를 그만 끝내자고 했다. 갑작스러운 그의 이야기에 적잖이 당황하다 그 이유가 무엇인지 물었고 그는 내가 뭘 하자는 건지 모르겠다고 대답했다. 그러고서 나라는 사람의 속을 모르겠다고 했다. 마지막으로 자신이 변명할 수 있는 모든 일을 총동원하여 이 관계를 끝내고 싶다는 의지를 내비쳤다. 말도 안 되는 변명이었다. 상황, 자신의 커리어 등등. 우리가 살아가는 세상에서 언제고 들이밀 수 있는 너무 뻔하고도 너무 어쩔 수 없어 보이는 것들.

　나는 잠자코 듣고선 말이 끝나기를 기다렸고 몇 가지 나의 생각도 말해준 뒤 마지막으로 알겠다고, 충분히 알겠고 너의 감정은 내가 강요할 수 없다며 이만 잘 지내라고 말했다.

기어이 이렇게 되었구나. '언젠가 우리도 이렇게 되겠지'에서의 언젠가는 다름이 아닌 오늘이었구나. 밖으로 나서면서 한숨이 푹 나오고 집에는 또 어떻게 가야 하나 막막했다. 매일 다니는 거리였지만 이런저런 생각들은 나를 조금 더 무겁게 만들어 걸음걸이 역시 더 느려질 터다.

헤어짐을 말하는 사람은 누가 됐든 악당이 된다. 그리고 헤어짐을 당하는 사람은 조금 불쌍한 모양이 된다. 그 불쌍함은 지인들의 무한한 위로와 상대방의 잘잘못을 하나씩 따져주는 노력을 통해 분노로 바뀌기도 하면서 씁쓸함을 동반한다. 그렇게 상대방은 나를 제일 잘 아는 낯선 사람으로 변모한다.

하지만 우리가 헤어진 표면적인 이유들을 지인들에게 설명하는 것은 공식적으로 관계가 끝남을 알리기 위한 그저 하나의 수단일 뿐이다. 그 속에서 말로 설명할 수 없는 둘만의 일들이 하나씩 쌓여 이러한 결과를 만들었던 것이다.

사실은 그만큼 좋아하지 않아서 헤어짐을 이야기하게 한 것일지도 모른다. 한 번 정도는 잡을 수도 있었다. 다시 생각을 해

보면 어떨까, 지금 너는 스트레스가 쌓여 있으니 다음에 다시 이야기해보자 할 수도 있었다. 헤어짐을 말하는 상대방의 얼굴에 단호함보다는 쓸쓸함이 묻어나고 있었기에 한 번 정도는 그렇게 말할 수 있었다. 그렇지만 이야기를 들었을 때 덥석 알겠다며 잘 있으라 말한 건 나 또한 너를 생각하는 마음이 그만큼이었기 때문이다.

그동안 내가 너를 얼마나 외롭게 만들었을까. 몇 번이고 헤어지고 싶었지만 몇 번이고 참았던 밤이 몇 번이었을까. 그 알 수 없는 감정을 어딘가에 물어보았을까? 아니면 혼자 열심히 해석하고 합리화시켰을까. 그러다 어느 날은 자신이 정말 초라하게 느껴져서 이제 그만해야겠다는 생각으로 결론 내린 걸까. 알면서도 끝까지 모른 척한 나를 용서하지 마.

변명하자면 너를 좋아했지만 너만큼 뜨겁게 좋아하진 않았어. 그래서 지켜본 것일 뿐이야. 이런저런 온도들을 맞춰가다 보면 적정 온도를 찾아낼 수 있겠지 싶었어. 헤어짐을 당한 쪽은 나지만 미안한 마음이 드는 건 왜인지.

아쉬우면서도 이 아쉬움이 그렇게 오래갈 것 같지 않은 건 왜인지. 또 피로감이 몰려온다.

결 혼

작업을 하다가 예전에 한참 듣던 노래가 우연히 들려오는 경우는 얼마나 될까. 이런 순간에 인생이 아름답다는 것을 느낀다. 정말 별일 아닌 것이 나의 기분을, 하루를 바꾸어주다니 이얼마나 사소한 즐거움인지. 여러 가지 경험을 하고 싶다는 열정적인 마음들은 뒤로 하고 온전하게 오늘에 집중하는 것이 미덕임을 아는 요즘이다.

며칠 전 친구의 멋진 소식을 들었다. 저녁이나 한 끼 하자던 그의 물음은 조심스러웠지만 나는 무슨 일이 있어도 만나겠다는 말투로 언제 밥을 먹을까 물었다. 그 멋진 소식은 5년 동안 만난 애인과의 결혼 소식이었고 청첩장을 건네주기 위한 식사 자리임을 알고 있었다.

약속을 잡고 오랜만에 만난 그는 정신이 없어 보였는데 원체 정신이 없는 성격이기도 하여 결혼 때문인지 아닌지 조금 헷갈렸다. 그럼에도 그런 정신없음이 여전히 사랑스러웠다. 그가 먼저 말을 꺼내기 전에 선수를 치고 싶어서 청첩장을 내놓으라 말했다. 아무렇지 않은 듯 건네준 뭉툭한 청첩장 종이엔 아기자기한 남녀 한 쌍의 일러스트와 함께 "Welcome to our wedding"이라 적혀 있었다.

보자마자 웃음이 나온 이유는 이상한 기분이 들었기 때문이다. 중학교 때부터 봐왔던 여자애가 자기만의 가정을 꾸린다고 생각하니 그런 기분이 들 만도 하다. 그리고 동시에 애틋한 마음도 들었다. 내가 키운 것도 아닌데. 형용할 수 없는 기분이 자꾸 들어 괜한 청첩장만 만지작거렸다. 소감이 어떠냐 물으니 그냥 빨리 결혼식을 해버렸으면 좋겠다는 생각뿐이라고 한다. 그래, 이것저것 준비하느라고 몸도 마음도 지칠 수 있겠다. 나는 또 안쓰러운 마음이 더해서 그녀를 지긋이 바라본다.

나는 그와 같은 연도에 태어나서 각자의 인생을 살아왔지만 오늘만은 그가 조금 더 어른 같아 보인다. 그러거나 말거나 이

상한 말을 하면서 나를 웃게 만들어버리니 여전히 천진난만함을 잃지 않아 다행이라는 생각이 든다.

앞으로 이런 일은 많이 일어날 것이다. 같은 시간을 다르게 써온 내 주변인들이 좋은 소식, 슬픈 소식, 그저 그런 소식들을 들려주면서 나는 이렇게 살아오는 동안 너는 저렇게 살아왔음을 알려주고, 그 속에서 기대어보기도 하고, 하나의 해프닝처럼 그저 웃어넘겨보기도 하고, 여전히 내가 좋아하는 그 성격은 바뀌지 않은 것을 알고 잠시나마 옛날 우리가 되어보기도 할 것이다. 그 순간도 아름답다고 칭하는 것이 맞을까. 그렇다면 내가 그저 하루하루 살아내는 모든 일도 그러하겠지.

어떤 사람을 만나서 같이 아니면 또 따로 몇 번의 계절을 살아오다 보니 그는 결혼이라는 문을 앞에 두고서는 나를 만나 종알종알 이야기해댄다. 그날은 그의 소식 덕에 나의 기분도 너무나 좋아졌으니 그걸로 됐다. 다음 주에 정말 예쁜 옷을 입고 그의 결혼을 축하해주러 가야겠다.

능 소 화

어쩌면 살아가는 지구가 지옥일 수도 있겠다는 그런 생각을 해본다. 사실 천국은 아주아주 멀리 있고.

이번 여름은 작년보다 그렇게 덥지 않았다. 집 앞에 아름다운 능소화나무가 있는데 그 나무는 여름이 되면 아름답고 풍성하게 꽃이 피어 계절이 왔음을 알려준다. 항상 집 앞에 나갈 때 몇 조각의 꽃들이 떨어져 있으면 여름이 하루하루 지나가는 것 같아 아쉬운 마음이 들었다. 지옥에서도 조그마한 아름다움은 피고 지는구나.

행복했던 시간들은 다 어디로 갔는지 이제는 녹록치 못한 마음만이 생겨난다. 그럼에도 아름다움은 단번에 알아차릴 수 있다. 능소화는 여름에만 반짝 보는 게 아쉬울 정도로 정말 예쁘다. 한번은 능소화의 꽃말에 대해 찾아보았다. '명예'라는 꽃말을 가지고 있던데 저렇게 가녀린 꽃잎에 명예라는 뜻을 담고 있으면 어쩌란 말인가 싶다가 어울리기도 한 것은 한철 명예롭게 있다가 사라지는 것이 능소화와 닮았기 때문이다.

이제 더는 새로운 인연들이 지겨워질 때 아빠가 해준 말을 떠올린다. 사람을 만나는 것이 만사(萬事)라고. 여기저기 만나는 사람들에 지쳐 있던 터다. 나는 회사생활을 한 적이 없지만 아빠는 다녔던 회사에서 여러 사람들을 만나고 매번 사람들을 만나 이런저런 이야기를 했으니 저런 말씀을 해주시는 것이겠지.
글을 읽지 못하는 날들도 있었다. 몇 번이고 읽어보려 해도 그러지 못했던 것은 알면 알수록 두려워졌기 때문이다. 모른다는 사실이 바보 같았고 지금이라도 알자 싶다가도 알면 무엇 하나, 내가 천천히 알아가는 동안 중요한 일들은 더 빠르게 지나치고 있을 테니 차라리 모르고 싶다는 생각이 들었기 때문이다.

언젠가 마음속으로 좋아했던 외국작가의 부고를 듣고 적잖

은 충격을 받아, 그날 저녁 만난 사람에게 그 사실을 전했다. 그
는 그보다 미국과 한국 정세가 지금 어떻게 돌아가는지 생각해
보라고 대수롭지 않게 넘긴다. 내가 좋아하던 그 작가의 죽음은
단숨에 중요하지 않은 일로 치부되었다. 더는 그와 관련된 말은
하지 않았지만 집에 돌아오는 길에 마음 한구석이 괴로웠다. 과
연 무엇이 제일 중요한 것인지 도저히 모르겠다는 마음과 내가
중요하다고 생각한 일도 누군가의 한마디로 하찮은 일이 되어
버린다는 것이.

집에 다 와갈 즈음 가로등 불빛 아래 능소화가 성실하게 머물
러주고 있었다. 걸음을 멈추고 오랫동안 바라보았다. 아무 말도
없이.

타 투

나의 왼팔 안쪽에는 조그마한 문신 하나가 새겨져 있는데, 이는 나의 선으로 그린 그림이다. 겨울이 되면 잊고 있다가 여름이 되면 새삼 깨닫는다. 아, 나한테 문신이 하나 있었지.

타투를 하면 후회한다, 안 한다, 말이 많아서 고민을 엄청나게 하면서 차일피일 미루고 있었다. 그러던 어느 날 강원도로 여행을 떠났고 그곳에서 '문신하고 가세요'라는 팻말을 보게 됐다. 몇 차례 고민을 하다가 같이 간 지인들의 "언제까지 미룰 거야. 저질러버려!"라는 말 한마디에 알 수 없는 마음이 불끈. '그래, 죽는 것도 아니고'라는 생각이 더해져 홧김에 당당하게 들

잘 설명할 수는 없지만 ...
사랑하면
존재를 느끼고 싶은 마음이 마구든다.

그래서 곁에 두고싶고
눈으로 직접 담고 싶은 건가봐.

어가서 해버렸다.

생각보다 아프고 생각보다 빨리 끝났다. 평생 가는 일이 이렇게 잠깐이면 되었던가. 연고를 바르고 관리법을 익히고 몸에 무엇 하나 새기고 집으로 돌아왔다. 부모님께 따로 말하지 않았으나 같이 생활하며 나의 팔뚝을 보는 일은 그리 어려운 일이 아니었다.

며칠 뒤 엄마는 팔에 있는 '다투'를 지우라고 다그쳤다. 다투라니. '타투'인데요, 어머니. 그리고 이건 지워지지 않는 것이랍니다. 다투라는 단어에 피식 웃음이 나왔고 쉽게 지울 수 있는 것이라 생각하시는 엄마의 모습이 귀엽기도 했다. 아빠는 별말씀을 하지 않으셨다. 이제는 알아서 살라는 식이다.

일부러 낸 흉터 같은 것, 자의로 조그마한 의미를 담은 흉터. 하고 보니 추천하지도 비추천하지도 않는다. 나같이 조그맣게 한 소심 타투는 계절에 따라 보였다, 안 보였다, 하는 재미는 있다. 다음번에 또 할 예정이 있느냐고? 인생에서 또 재미있는 사연이 있는 해나 잊고 싶지 않은 사건이 혹여 생긴다면 아마 또 소심한 '다투'가 하나 더 생길지도.

　나는 또 나를 담담하게 들여다본다. 어느 날은 너무 사랑스럽기도 한데 어느 날은 조금 미워 보이기도 한다. 대부분은 그저 그렇다.

　잘하고 싶다. 잘할 수 있다. 잘할 수 있을까? 잘 모르겠다.

난 너의 모든 걸 닮고 싶은 사람

초판 1쇄 발행 2019년 11월 27일 **초판 3쇄 발행** 2020년 2월 7일

지은이 민경희
펴낸이 연준혁

편집 1본부 본부장 배민수
편집 4부서 부서장 김남철
편집 박인애
디자인 김준영

펴낸곳 (주)위즈덤하우스미디어그룹 **출판등록** 2000년 5월 23일 제13-1071호
주소 경기도 고양시 일산동구 정발산로 43-20 센트럴프라자 6층
전화 031-936-4000 **팩스** 031)903-3893
홈페이지 www.wisdomhouse.co.kr

*이 도서의 국립중앙도서관 출판예정도서목록(CIP)은 서지정보유통지원시스템 홈페이지(http://seoji.nl.go.
kr)와 국가자료종합목록 구축시스템(http://kolis-net.nl.go.kr)에서 이용하실 수 있습니다. (CIP제어번호 : CIP
2019046209)